U0644893

遺山樂府選

〔金〕元好問 著

廣陵書社
中國·揚州

圖書在版編目（CIP）數據

遺山樂府選 / (金) 元好問著. -- 揚州 : 廣陵書社, 2019.1
（經典國學讀本）
ISBN 978-7-5554-1173-4

Ⅰ. ①遺… Ⅱ. ①元… Ⅲ. ①樂府詩－詩集－中國－元代 Ⅳ. ①I222.6

中國版本圖書館CIP數據核字(2018)第287921號

書　　名　遺山樂府選
著　　者　(金) 元好問
責任編輯　李　佩
出 版 人　曾學文
裝幀設計　鴻儒文軒

出版發行　廣陵書社
揚州市維揚路 349 號　郵編:225009
(0514) 85228081(總編辦)　85228088(發行部)
http://www.yzglpub.com　E-mail:yzglss@163.com
印　　刷　三河市華東印刷有限公司

開　　本　880 毫米×1230 毫米　1/32
印　　張　5.875
字　　數　66 千字
版　　次　2019 年 1 月第 1 版
印　　次　2019 年 1 月第 1 次印刷
書　　號　ISBN 978-7-5554-1173-4
定　　價　35.00 圓

編輯説明

自上世紀九十年代始，我社陸續編輯出版一套綫裝本中華傳統文化普及讀物，名爲《文華叢書》。編者孜孜矻矻，兀兀窮年，歷經二十載，聚爲上百種，集腋成裘，蔚爲可觀。叢書以内容經典、形式古雅、編校精審，深受讀者歡迎，不少品種已不斷重印，常銷常新。

國學經典，百讀不厭，其中藴含的生活情趣、生命哲理、人生智慧，以及家國情懷、歷史經驗、宇宙真諦，令人回味無窮，啓迪至深。爲了方便讀者閲讀國學原典，更廣泛地普及傳統文化，特于《文華叢書》基礎上，重加編輯，推出《經典國學讀本》叢書。

本叢書甄選國學之基本典籍，萃精華于一編。以内容言，所選均爲家喻户曉的經典名著，涵蓋經史子集，包羅詩詞文賦、小品蒙書，琳琅滿目；以篇幅言，每種規模不大，或數種彙于一書，便于誦讀；以形式言，採用傳統版式，字大文簡，讀來令人賞心悦目；以編輯言，力求精擇良善版本，細加校勘，注重精讀原文，偶作簡明小注，或酌配古典版畫，體現編輯的匠心。

當下國學典籍的出版方興未艾，品質參差不齊。希望這套我社經年打造的品牌叢書，能爲讀者朋友閱讀經典提供真正的精善讀本。

廣陵書社編輯部

二〇一七年十二月

出版説明

元好問（一一九〇—一二五七）字裕之，號遺山，太原秀容（今山西忻州）人。系出北魏鮮卑族拓跋氏，爲唐代詩人元結後裔。金元兩代著名的文學家。七歲即能詩，興定五年（一二二一）進士，歷内鄉令，正大中爲南陽令，天興後除尚書省掾、左司都事，轉行尚書省左司員外郎。金亡不仕。有《杜詩學》《東坡詩雅》《錦畿》《詩文自警》《壬辰雜編》《中州集》《遺山先生文集》《續夷堅志》《遺山樂府》等。《金史》有傳。

南宋時期，北方先後爲金元所占據。因而，成長于北方的金元文學與孕育于南方的宋代文學，是中華民族傳統文化的共同組成部分。遺山可謂是宋金對峙時期北方文學的主要代表，是當時的文壇盟主，被尊爲

『北方文雄』『一代文宗』。金詞在融合兩宋詞風的過程中，遺山以其文壇領袖的地位，發揮着承前啓後的橋梁作用，正如陳廷焯在《雲韶集》中所言：『《遺山樂府》爲金詞之冠，足以平睨賀、周，俯視百代。遺山詞以曠逸之才，馭奔騰之氣，使才而不矜才，行氣而不使氣，骨韵錚錚，精金百煉，别于清真、白石外，自成大家。』遺山的詞直接繼承于蘇軾、辛弃疾，詞風雄奇豪放。加之其本爲鮮卑族人，北方風土的雄渾敦厚以及少數民族特有的質樸剛健，使他的詞更具有一種慷慨雄渾之風。同時，遺山又兼收秦觀、周邦彦等婉約詞人的風格，因而其詞境界開闊，風格多樣，于豪放之中不失婉約，剛健之中又濟以清雋，真謂『疏快之中，自饒深婉』（劉熙載《藝概・詞曲概》）。也正因爲在遺山感召下的金元詞人的兼容并蓄、自成一家，纔奠定了金詞在中國詞史上的重要地位。

遺山是金元時期著名的史學家，這種史學意識亦反映到他的詞作之中。遺山的詞題材廣泛，懷古咏物、山水田園、感時傷懷、交游酬唱、愛情紀事等，展現了豐富的社會生活，《遺山樂府》實是一部金元的『詞史』。

遺山詞之爲『史』，最顯著的標志就是詞序。遺山的詞序有保存文獻的功能，它們或記録悲慘的愛情故事，或叙説奇幻傳説，或講述友朋的游宦事迹……如《摸魚兒》（恨人間）、《永遇樂》（絶壁孤雲）、《江城子》（纖條裊裊雪葱籠）、《定風波》（白髮相看老弟兄）等，其詞序皆可當作史料來讀。此外，遺山效法蘇軾的『以詩爲詞』，詞以吟咏性情爲主，主張率直真摯，因而其詞疏快清朗，無扭捏之態，故而更能動人心魄。不僅如此，

遺山詞『體制兼備』，以『東坡體』爲宗，兼以『宮體』『花間體』等其他體制，因而『樂府則清雄頓挫，閑婉瀏亮，體制最備，又能用俗爲雅，變故作

新，得前輩不傳之妙，東坡、稼軒而下不論也』（元·徐世隆《元遺山詞集·序》）。

遺山堪稱金代詞壇第一人，其詞博采衆長，爲金元詞之冠，足可與兩宋名家媲美。我社此次精選遺山詞一百三十二首，編輯而成《遺山樂府選》，以《彊村叢書》《石蓮庵彙刻》本爲底本，并參校各本。爲便于讀者閱讀欣賞，在詞後加以簡注、收集歷代名家彙評，并附録名家序跋。

廣陵書社編輯部

二〇一八年十一月

目録

水調歌頭

少室玉華谷〔一〕月夕，與希顏〔二〕、欽叔〔三〕飲，醉中賦此。玉華詩老，宋洛陽耆英劉几〔四〕伯壽也。劉有二侍妾，名萱草、芳草，吹鐵笛，騎牛山間。玉華亭榭遺址在焉。金堂、玉室，嵩山事；石城、瓊壁，少室山三十六峰之名也。

山家釀初熟，取醉不論錢。清溪留飲三日，魚鳥亦欣然。見説玉華詩老，袖有忘憂萱草，牛背穩于船。鐵笛久埋没，雅曲竟誰傳？坐蒼苔，攲亂石，耿不眠〔五〕。長松夜半悲嘯，笙鶴下遥天〔六〕。天上金堂玉室〔七〕，地下石城瓊壁，别有一山川。把酒問明月，今夕是何年？

選注：

〔一〕少室玉華谷：少室，山名。晉戴延之《西征記》：『嵩山東曰太室，西曰少室，相去七十里。嵩其總名也。』玉華谷，在少室山下。明傅梅《嵩書》卷二《谷類》：『玉華谷，在少室之下，即玉華山之谷也。』

〔二〕希顔：即雷淵，字希顔，遺山好友。《中州集》卷六、《金史》卷一一〇均有傳。

〔三〕欽叔：即李獻能，字欽叔，遺山好友。《中州集》卷六、《金史》卷一二六均有傳。

〔四〕劉几：字伯壽，《宋史》卷二六二有傳。曾築室嵩山玉華峰下，號玉華庵主。

〔五〕耿不眠：《詩經·邶風·柏舟》：『耿耿不寐，如有隱憂。』

〔六〕『笙鶴』句：用王子喬事。唐宋之問《王子喬》詩：『王子喬，愛神仙，七月七日上賓天。白虎摇瑟鳳吹笙，乘騎雲氣吸日精。』

〔七〕金堂玉室：指仙人所居之處。此處言仙人王子喬嘗居嵩山。

又

與李長源〔一〕游龍門

灘聲蕩高壁，秋氣静雲林。回頭洛陽城闕，塵土一何深。前日神光牛背，今日春風馬耳，因見古人心。一笑青山底，未受二毛〔二〕侵。問龍門，何所似？似山陰。平生夢想佳處，留眼更登臨。我有一卮芳酒，唤取山花山鳥，伴我醉時吟。何必絲與竹，山水有清音。

選注：

〔一〕李長源：即李汾，原名讓，字敬之，山西太原人。工于詩，喜讀史書，爲人尚氣，跌宕不羈。爲遺山知己。

〔二〕二毛：人老頭髮斑白，故稱老人爲二毛。杜甫《送賈閣老出汝州》詩：『人生五馬貴，莫受二毛侵。』

彙評：

《山右石刻叢編》卷二九『元裕之題名』温仁甫叙曰：先生常作詞云：『一笑青山頂，未受二毛侵。』于此可見賢人之心不以利名拘其身，仁智樂其樂也。刻諸于石以紀其來。

又

緱山〔一〕夜飲

石壇〔二〕洗秋露，喬木擁蒼烟。緱山七月笙鶴，曾此上賓天。爲問雲間嵩少，老眼無窮今古，夜樂幾人傳？宇宙一丘土，城郭又千年〔三〕。

襟風，一片月，酒尊前。王喬爲汝轟飲〔四〕，留看醉時顛。杳杳白雲青嶂，蕩蕩銀河碧落〔五〕，長袖得迴旋。舉手謝浮世，我是飲中仙〔六〕。

選注：

〔一〕緱山：在今河南偃師南四十里，近于嵩山。明傅梅《嵩書》卷二《山類》：「緱氏山……即王子晋乘白鶴舉手謝時人而去之處也。」緱氏山，即緱山。王子晋即周靈王太子、仙人王子喬。

〔二〕石壇：宋樂史《太平寰宇記》卷三：「王子喬壇，在緱氏縣東南六里。」「石壇」或即此。

〔三〕「城郭」句：舊題晋陶潜《搜神後記》卷一記載，丁令威，漢遼東人，在靈虛山學道成仙，後化鶴歸來，落城門華表柱上。有少年欲射之，鶴乃飛鳴作人言：「有鳥有鳥丁令威，去家千年今始歸。城郭如故人民非，何不學仙塚累累。」

〔四〕轟飲：猶言鬧酒，痛飲。

〔五〕『蕩蕩』句：蕩蕩，廣大、廣遠。碧落，指天空。

〔六〕飲中仙：杜甫作《飲中八仙歌》詩：『李白一斗詩百篇，長安市上酒家眠。天子呼來不上船，自稱臣是酒中仙。』

又

與欽叔飲，時予以同州録事判官入館，故有判司之語。

長安夏秋雨，泥潦滿街衢。先生閉户轟飲，鄰屋厭歌呼。慚愧君家兄弟〔一〕，半世相親相愛，知我是狂夫。禮法略苛細，言語任乖疏〔二〕。判司官，一囊米，五車書。騎驢冠蓋叢裏，鞍馬避僮奴。祇有平生親舊，歡笑窮年竟日，未必古人如。酒賤可頻置，時爲過〔三〕吾廬。

選注：

〔一〕君家兄弟：指李家兄弟欽叔、欽用。

〔二〕乖疏：失當，忽略，不和諧。

〔三〕過：造訪，拜訪。

又

賦德新〔一〕王丈玉溪〔二〕，溪在嵩前費莊，兩山絶勝處也。

空濛〔三〕玉華曉，瀟灑石淙秋。嵩高大有佳處，元在玉溪頭。翠壁丹崖千丈，古木寒藤兩岸，村落帶林丘。今日好風色，可以放吾舟。百年來，算惟有，此翁游。山川邂逅佳客，猿鳥亦相留。父老鷄豚鄉社，兒女籃輿竹几，來往亦風流。萬事已華髮，吾道付滄洲〔四〕。

選注：

〔一〕德新：即王革，字德新，一名著。少有才思，風流人也。屢舉不第，以蔭補官，晚由恩得主宜君簿。《中州集》卷七有傳。

〔二〕玉溪：遺山詞多處提及。明傅梅《嵩書》卷二《溪類》：『玉溪，在太室東南石羊關外，潁水之支派也，《蘭亭序》云「崇山峻嶺，茂林修竹，清流急湍」，此地無不有焉。岸邊有釣臺，巖有石室，蓋境之絶勝者。』

〔三〕空濛：烟嵐、雨霧等朦朧迷茫狀。

〔四〕滄洲：濱水之地，多指隱士居住之處。杜甫《江漲》詩云：『輕帆好去便，吾道付滄洲。』

彙評：

清·陳廷焯《詞則·放歌集》卷三：高雅。

又

賦三門津〔一〕

黄河九天上，人鬼瞰重關〔二〕。長風怒捲高浪，飛灑日光寒。峻似吕梁〔三〕千仞，壯似錢塘八月，直下洗塵寰〔四〕。萬象入横潰〔五〕，依舊一峰閑。

仰危巢，雙鵠過，杳難攀。人間此險何用？萬古秘神姦。不用然犀〔六〕下照，未必佽飛〔七〕强射，有力障狂瀾。唤取騎鯨客〔八〕，撾鼓過銀山。

選注：

〔一〕三門津：在今河南三門峽市東北黃河中。相傳大禹治水，使神斧將高山劈成『人門』、『神門』、『鬼門』三道峽谷。河道中由鬼石與神石將河道分成三流，如同有三座門。

〔二〕『人鬼』句：即瞰人鬼重關。人鬼，指三門津之人、鬼二門。

〔三〕呂梁：山名，在今山西省西部，黃河與汾河之間。《列子》卷二《黃帝篇》：『孔子觀于呂梁，懸水三十仞，流沫三十里，黿鼉魚鱉之所不能游也。』

〔四〕塵寰：人世間。此句指黃河之水奔流而下，若冲刷人世間也。

〔五〕橫潰：河水泛濫。此處指黃河水勢浩大、浪高湍急。

〔六〕然犀：傳説點燃犀牛角可洞見怪物。

〔七〕佽飛：又作『次非』，春秋時楚國勇士。

〔八〕騎鯨客：騎鯨背游于海上，此處指仙人、豪客。李白曾自稱『海上騎鯨客』。

彙評：

清·况周頤《蕙風詞話》卷三：其《水調歌頭·賦三門津》『黄河九天上』云云，何嘗不崎崛排奡。坡公之所不可及者，尤能于此等處不露筋骨耳。《水調歌頭》當是遺山少作。晚歲鼎鑊餘生，栖遲零落，興會何能飈舉。

又

長壽新齋

蒼烟百年木，春雨一溪花。移居白鹿東崦，家具滿樵車。舊有黄牛十角，分得山田一曲〔一〕，凉薄了生涯。一笑顧兒女，今日是山家。簿書叢，鈴夜掣，鼓晨撾〔二〕。人生一枕春夢，辛苦趁蜂衙。竹里〔三〕藍田山下，草閣百花潭上〔四〕，千古占烟霞。更看商于路，別有故侯瓜〔五〕。

選注：

〔一〕『分得』句：據《金史·百官志》記載，諸縣令有職田四頃。『分』，去聲。

〔二〕『簿書叢』三句：簿書，指官衙文書。掣鈴，古時將帥居住地懸鈴，遇警則掣鈴以呼。撾鼓，古時城隅建有鼓樓，以擊鼓報時。後二句謂官衙事務紛繁，晝夜不分。

〔三〕竹里：即竹里館，王維輞川別業二十景之一，王維有《竹里館》詩咏之。此處遺山以王維自況。

〔四〕『草閣』句：草閣，猶言草堂。百花潭，《太平寰宇記》卷七二：『杜甫宅在成都西郭外，地屬犀浦，接浣花溪，地名百花潭。』

〔五〕故侯瓜：指東陵瓜。《史記》卷五三：『召平者，故秦東陵侯。秦破，爲布衣，貧，種瓜于長安城東，瓜美，故世俗謂之「東陵瓜」，從召平以爲名也。』此處藉以自況，表明隱遁之心。

又

汜水故城登眺

牛羊散平楚，落日漢家營。龍拿虎擲何處，野蔓罥〔一〕荒城。遥想朱旗回指，萬里風雲奔走，慘澹五年兵〔二〕。天地入鞭棰〔三〕，毛髮懔威靈。一千年，成皋〔四〕路，幾人經？長河浩浩東注，不盡古今情。誰謂麻池小竪〔五〕，偶解東門長嘯〔六〕，取次論韓彭〔七〕。慷慨一尊酒，胸次〔八〕若爲平。

選注：

〔一〕罥：挂，纏繞。

〔二〕『遙想』句：言劉邦、項羽事。

〔三〕鞭棰：猶言鞭笞、鞭撻。棰，杖、棍棒。

〔四〕成皋：地名，在今河南滎陽市汜水鎮西。春秋鄭時名虎牢，後改成皋。劉邦、項羽兩軍曾相持于此。

〔五〕麻池小豎：指後趙開國皇帝石勒。小豎，猶言豎子，對人之鄙稱。

〔六〕東門長嘯：指石勒曾于洛陽『倚嘯上東門』。

〔七〕韓彭：指漢初開國功臣韓信、彭越。

〔八〕胸次：胸懷，胸間。《莊子·田子方》：『喜怒哀樂，不入于胸次。』

摸魚兒

乙丑歲赴試并州，道逢捕雁者云：『今旦獲一雁，殺之矣。其脱網者悲鳴不能去，竟自投于地而死。』予因買得之，葬之汾水之上，纍石爲識，號曰『雁丘』。時同行者多爲賦詩，予亦有《雁丘辭》。舊所作無宫商，今改定之。

恨人間、情是何物？直教生死相許！天南地北雙飛客，老翅幾回寒暑。歡樂趣，離别苦，是中〔一〕更有痴兒女。君應有語，渺萬里層雲，千山暮景，隻影爲誰去？　横汾路，寂寞當年簫鼓。荒烟依舊平楚〔二〕。招魂楚些〔三〕何嗟及，山鬼自啼風雨。天也妒，未信與、鶯兒燕子俱黄土。千秋萬古。爲留待騷人，狂歌痛飲，來訪雁丘處。

選注：

〔一〕是中：猶就中、此中。

〔二〕平楚：平林，遠樹。叢木曰楚。

〔三〕楚些：『些』爲楚人慣用之語氣詞，《楚辭·招魂》句尾皆有『些』字。

彙評：

張炎《詞源》卷下：元遺山極稱稼軒詞，及觀遺山詞，深于用事，精于煉句，有風流藴藉處，不减周、秦。如《雙蓮》《雁丘》等作，妙在模寫情態，立意高遠，初無稼軒豪邁之氣。豈遺山欲表而出之，故云爾。

許昂霄《詞綜偶評》：《邁陂塘》遺山二闋，綿至之思，一往而深，讀之令人低徊欲絶。同時諸公和章，皆不能及。前云『天也妒』，此云『天已許』，真所謂『天若有情天亦老』矣。

王弈清等《歷代詞話》卷九引陶宗儀評：近世所謂大曲，在金則吴彦高《春草碧》、蔡伯堅《石州慢》、元遺山《邁陂塘》、鄧千江《望海潮》，堪與蘇子瞻《念奴嬌》、辛幼安《摸魚兒》相頡頏。

《詞則·别調集》卷三：大千世界，一情場也。又：怨風爲我從天來。

《蕙風詞話補編》卷三『朱小岑論詞絶句』：兒女痴情迴不侔，風雲氣概屬辛劉；遺山合有出藍譽，寂寞横汾賦《雁丘》。

吴梅《詞學通論》：此詞即遺山首唱也。諸人和者頗多，而裕之樂府，深得稼軒三昧。

又

泰和〔一〕中，大名〔二〕民家小兒女，有以私情不如意赴水者。官爲蹤迹之，無見也。其後踏藕者，得二尸水中，衣服仍可驗，其事乃白。是歲，此陂荷花開，無不并蒂者。沁水梁國用，時爲録事判官，爲李用章内翰〔三〕言如此。此曲以樂府《雙蕖怨》命篇。咀五色之靈芝，香生九竅〔四〕；咽三清之瑞露，春動七情。韓偓〔五〕《香奩集》中自叙語。

問蓮根、有絲多少。蓮心知爲誰苦？雙花脉脉嬌相向，衹是舊家兒女！天已許。甚不教、白頭生死鴛鴦浦？夕陽無語。算謝客〔六〕烟中，湘妃江上，未是斷腸處。香奩夢，好在靈芝瑞露。人間俯仰今古。海枯石爛情緣在，幽恨不埋黃土。相思樹。流年度、無端又被西風誤。蘭舟少住。怕載酒重來，紅衣〔七〕半落，狼藉卧風雨。

選注：

〔一〕泰和：金章宗年號（一二〇一—一二〇八）。

〔二〕大名：《金史·地理志》：『大名府路大名府大名縣。』今河北省大名縣。

〔三〕李用章内翰：即李俊民（一一七六—一二六〇），字用章，號鶴鳴，澤州晋城人。《元史》有傳。

〔四〕九竅：九孔。《周禮·天官·疾醫》：『兩之以九竅之變。』《注》：『陽竅七，陰竅二。』

〔五〕韓偓：唐代詩人，字致堯（一作致光），小字冬郎，號玉山樵人，京兆萬年人。其詩多寫艷情，講究藻飾，有香奩體之稱。其詞王國維輯有《香奩詞》一卷。世傳《香奩集》，乃和凝所作，假托韓偓。

〔六〕謝客：指南朝宋著名詩人謝靈運，襲封康樂公，世稱謝康樂。小名客兒，故又稱謝客。

〔七〕紅衣：指荷花。

木蘭花慢

孟津〔一〕官舍，寄欽若、欽用昆仲并長安故人。

流年春夢過，記書劍，入西州。對得意江山，十千沽酒，著處〔二〕歡游。興亡事，天也老，儘消沉、不盡古今愁！落日霸陵〔三〕原上，野烟凝碧池頭。風聲習氣想風流，終擬覓菟裘〔四〕。待射虎南山，短衣匹馬，騰踏清秋。黄塵道，何時了？料故人、應也怪遲留。祇問寒沙過雁，幾番王粲登樓。

選注：

〔一〕孟津：縣名，故址在今河南。

〔二〕著處：到處或隨處。

〔三〕霸陵：漢文帝陵。《三輔黄圖·陵墓》：『文帝霸陵，在長安城東七十里，因山爲藏，不復起陵，就其水名，因以爲陵號。』

〔四〕菟裘：地名，故址在今山東泗水。《左傳》隱公十一年：『羽父請殺桓公，以求大宰。公曰：「爲其少故也，吾將受之矣。」使營菟裘，吾將老焉。』後常稱告老退隱之居處爲菟裘。

又

擁都門冠蓋〔一〕，瑶圃〔二〕秀，轉春暉。悵華屋生存，丘山零落，事往人非。追隨，舊家誰在？但千年、遼鶴去還歸！繫馬鳳凰樓柱，倚弓玉女窗扉〔三〕。　江頭花落亂鶯飛，南望重依依。渺天際歸舟，雲間汀樹，水繞山圍。相期，更當何處？算古來、相接眼中稀。寄與蘭成〔四〕新賦，也應爲我沾衣。

選注：

〔一〕冠蓋：禮帽與車蓋，借指官吏。

〔二〕瑶圃：指神仙居住處，此處借指京都的繁華。

〔三〕『繫馬』二句：借指元兵破京後蹂躪金朝宫庭。鳳凰樓，宫内樓閣。

〔四〕蘭成：北周詩人庾信的字。

又

賦招魂九辯，一尊酒，與誰同？對零落棲遲〔一〕，興亡離合，此意何窮？匆匆，百年世事，意功名、多在黑頭公〔二〕。喬木蕭蕭故國，孤鴻澹澹長空。

門前花柳又春風，醉眼眩青紅〔三〕。問造物何心，村簫社鼓〔四〕，奔走兒童。天東〔五〕，故人好在，莫生平、豪氣減元龍。夢到琅邪臺〔六〕上，依然湖海沉雄。

選注：

〔一〕零落棲遲：零落，原指草木凋謝，此處指友朋之凋亡。棲遲，飄泊失意。

〔二〕黑頭公：言年少而居高位者。《晉書》卷七七《諸葛恢傳》：『恢弱冠知名，試守即丘長，轉臨沂令，爲政和平。值天下大亂，避地江左，名亞王導、庾亮。導嘗謂曰：「明府當爲黑頭公。」』

〔三〕青紅：指緑樹紅花。

〔四〕社鼓：社日祭神時鳴奏之鼓樂。

〔五〕天東：指東平，即今山東東平縣。

〔六〕琅邪臺：即琅琊臺，在今山東省東部琅琊山。秦始皇二十八年（前二一九）登琅琊山，築臺觀海，刻石碑頌德。

又

對西山搖落，又匹馬，過并州。恨秋雁年年，長空澹澹，事往情留。白頭，

幾回南北，竟何人、談笑得封侯？愁裏狂歌濁酒，夢中錦帶吴鈎〔一〕。

嚴城笳鼓高秋，萬竈擁貔貅〔二〕。覺全晉山河，風聲習氣，未減風流。風流，

故家人物，慨中宵、拊枕憶同游。不用聞鷄起舞，且須乘月登樓。

選注：

〔一〕吴鈎：一種兵器，似劍而曲。

〔二〕『萬竈』句：萬竈，言兵丁之多。古時軍中以十人爲火，共竈起火。貔貅，指軍中旗幟。

又

渺漳流東下，流不盡，古今情。記海上三山〔一〕，雲中雙闕，當日南城。黄星〔二〕。幾年飛去，澹春陰、平野草青青。冰井猶殘石甃，露盤已失金莖〔三〕。風流千古短歌行。慷慨缺壺聲。想釃酒臨江，賦詩鞍馬，詞氣縱横。飄零。舊家王粲〔四〕，似南飛、烏鵲月三更。笑殺西園賦客，壯懷無復平生。

選注：

〔一〕海上三山：《史記》卷六《秦始皇本紀》：『既已，齊人徐市等上書，言海中有三神山，名曰蓬萊、方丈、瀛州，仙人居之。』

〔二〕黄星：黄色之星，古人以此爲瑞星。

〔三〕金莖：指銅柱。

〔四〕舊家王粲：王粲，三國時詩人，『建安七子』之一。此處詩人藉以自況，形容自己漂泊無定的生活狀況。

彙評：

《蕙風詞話》卷三：填詞景中有情，此難以言傳也。元遺山《木蘭花慢》云：『黄星。幾年飛去，澹春陰、平野草青青。』平野春青，祇是幽静芳倩，却有難狀之情，令人低徊欲絕。善讀者約略身入景中，便知其妙。

水龍吟

從商帥國器〔一〕獵于南陽，同仲澤、鼎玉〔二〕賦此。

少年射虎名豪〔三〕，等閑赤羽〔四〕千夫〔五〕膳。金鈴錦領，平原千騎，星流電轉。路斷飛潛〔六〕，霧隨騰沸，長圍〔七〕高捲。看川空谷靜，旌旗動色，得意似，平生戰。城月迢迢鼓角，夜如何、軍中高宴。江淮草木，中原狐兔，先聲自遠。蓋世韓彭〔八〕，可能衹辦，尋常鷹犬。問元戎早晚，鳴鞭徑去，解天山箭〔九〕。

選注：

〔一〕商帥國器：即完顏斜烈。完顏斜烈名鼎，字國器，畢里海世襲猛安。以善戰知名，曾鎮商州，威望甚重。

〔二〕仲澤、鼎玉：仲澤，即王渥，《中州集》卷六《王右司渥傳》：『渥，字仲澤，以字行。興定二年進士，調管州司候，不赴。壽州防禦使邦獻、商州防禦使國器、武勝節度庭玉愛其才，連辟三府經歷官，在軍中凡十年。』鼎玉，燕人，與遺山爲同年進士，曾從完顏斜烈軍至南陽。

〔三〕射虎名豪：指漢名將李廣，所居郡有虎，曾自射之，此處以李廣借指商帥國器。

〔四〕赤羽：指旗幟。

〔五〕千夫：指軍士。

〔六〕飛潛：原意爲飛鳥與潛魚，此指飛禽走獸。

〔七〕長圍：指打獵時合圍困獸。

〔八〕韓彭：指韓信、彭越。

〔九〕『問元戎早晚』三句：元戎，元帥。此處爲贊美商帥國器語。

又

同德秀〔一〕游盤谷

接雲千丈層崖〔二〕，古來此地風烟好。青山得意，十分濃秀，都將傾倒〔三〕。可恨孤峰，幾回空見，松筠枯槁。自都門送別，膏車秣馬〔四〕，誰更問（一作向）、盤中道？　我愛陂塘南畔，小川平、横岡迴抱。野麋山鹿，平生心在，長林豐草。婢織奴耕，歲時供我，酒船茶竈。把人間萬事，從頭放下，祇山間老。

選注：

〔一〕德秀：即史士舉之孫，名庭玉，字德秀。

〔二〕層崖：重疊之山崖。

〔三〕傾倒：此處指山勢陡峭，呈傾斜狀。

〔四〕膏車秣馬：給車塗上油，給馬喂好飼料。

又

陳希夷〔一〕《睡歌》，有契予心，因衍之。

百年〔二〕同是行人，酒鄉獨有歸休地。此心安處，良辰美景，般般稱遂〔三〕。力士鐺〔四〕頭，舒州〔五〕杓畔，不妨游戲。算爲狂爲隱，非狂非隱，人誰解、先生意。　莫笑糊塗老眼，幾回看、紅輪〔六〕西墜。一杯到手，人間萬事，俱然少味。范蠡〔七〕、張良〔八〕，儘他驚怪，陳摶貪睡。且陶陶兀兀，今朝醉了，更明朝醉。

選注：

〔一〕陳希夷：五代宋初道士。字圖南，自號扶摇子。隱居武當山，宋太宗賜號『希夷先生』。《宋史》卷四五七有傳。

〔二〕百年：指一生。

〔三〕般般稱遂：指樣樣順心。

〔四〕力士鐺：用來温酒的器具，由力士瓷所製。力士瓷爲唐代豫章（今江西南昌）所産的名瓷。

〔五〕舒州：今安徽省安慶市。

〔六〕紅輪：指太陽。

〔七〕范蠡：字少伯，楚國宛人。春秋末越國大夫，助越王刻苦圖强，滅吴國。功成後以勾踐其人不可與共安樂，遂去。

〔八〕張良：字子房，西漢初大臣。爲劉邦謀士，佐漢滅秦楚，因功封留侯。事見《史記·留侯世家》。

最高樓

商于魯縣北山

商于路，山遠客來稀，鷄犬静柴扉。東家歡飲姜芽脆，西家留宿芋魁〔一〕肥。覺重來，猿與鶴，總忘機。　問華屋、高貲誰不戀？問美食、大官誰不羨？風浪裏，竟安歸。雲山既不求吾是，林泉〔二〕又不責吾非。任年年，藜藿飯〔三〕，芰荷衣。

選注：

〔一〕芋魁：即芋根、芋頭。

〔二〕林泉：山林與泉石。指幽靜宜于隱遁之所。

〔三〕藜藿飯：藜、藿，貧窮者所食之野菜。

玉漏遲

壬辰圍城中，有懷淅江別業。爲欽用弟賦。

淅江歸路杳。西南仰羨，投林高鳥。升斗微官〔一〕，世累〔二〕苦相縈繞。不入麒麟畫〔三〕裏，又不與、巢由〔四〕同調。時自笑。虛名負我，平生吟嘯。

擾擾馬足車塵，被歲月無情，暗消年少。鐘鼎山林〔五〕，一事幾時曾了？四壁秋蟲夜語，更一點、殘燈斜照。青鏡曉，白髮又添多少？

選注：

〔一〕升斗微官：言官位卑俸禄少。

〔二〕世累：謂世俗的累贅與束縛。

〔三〕麒麟畫：漢武帝時宫内建有麒麟閣。宣帝甘露三年，畫功臣霍光、張安世、韓增、趙充國、魏相、丙吉、杜延年、劉德、梁丘賀、蕭望之、蘇武十一人畫像于閣内。麒麟畫即指此。

〔四〕巢由：指上古隱士巢父、許由。

〔五〕鐘鼎山林：鐘鼎，古銅器之總稱。鐘鼎上多有記事表功的文字。此處喻建功立業。山林，喻指退隱山林。

彙評：

《詞則·放歌集》卷三：筆致俊快。『鐘鼎』二句與上『麒麟』二語意復。

滿江紅

嵩山中作

天上飛烏〔一〕，問誰遣、東生西没？明鏡裏、朝爲青鬢，暮爲華髮。弱水蓬萊三萬里〔二〕，夢魂不到金銀闕〔三〕。更幾人、能有謝家山〔四〕，飛仙骨。

山鳥哢〔五〕，林花發。玉杯冷，秋雲滑。彭殤共一醉〔六〕，不争毫末。鞭石〔七〕何年滄海過，三山〔八〕衹是尊中物。暫放教、老子據胡床，邀明月。

選注：

〔一〕天上飛烏：指太陽。傳説太陽中有三足烏，故又稱太陽爲金烏、飛烏。

〔二〕『弱水』句：傳説弱水在西方絶域之處，蓬萊在東方，相距遥遠，故言『三萬里』。

〔三〕金銀闕：指神仙所居宫殿。

〔四〕謝家山：指晋謝安隱居之山。

〔五〕呀：鳥鳴。

〔六〕『彭殤』句：此二句化用莊子意。《莊子·齊物論》：『天下莫大于秋毫之末，而大山爲小；末壽于殤子，而彭祖爲夭。』

〔七〕鞭石：典出于吴淑《事類賦注》引《三齊略》：『秦始皇作石橋于海上，欲過海看日出處。有神人驅石，去不速，神人鞭之，皆流血。』

〔八〕三山：海上仙山方丈、蓬萊、瀛洲。

又

内鄉作

老樹荒臺，秋興動、悠然獨酌。秋也老、江山憔悴，鬢華先覺。人到中年原易感，眼看華屋歸零落〔一〕。算世間、惟有醉鄉民，平生樂。凌浩蕩，觀寥廓。月爲燭，雲爲幄〔二〕。儘〔三〕百川都釀，不供杯杓〔四〕。身外虚名將底用？古來已錯今猶錯！唤野猿、山鳥一時歌，休休莫。

選注：

〔一〕『眼看』句：是年蒙古軍主力横掃西亞東歐之後，又回師滅西夏。七月自鳳翔徇西安，關中大震。此句實遺山對時勢的認識。

〔二〕幄：篷帳。帷幕之内像宫室者曰幄。

〔三〕儘：縱令。

〔四〕杯杓：酒杯與杓子，此處借指飲酒。

又

內鄉半山亭，浮休居士張芸叟窪尊石刻在焉。

江上窪尊，人道有、浮休遺迹。尊俎地、江山如畫，百年岑寂。白鶴重來城郭在，山花山鳥渾相識〔一〕。更與君、載酒半山亭，追疇昔〔二〕。人易老，時難得。歡未減，悲還及。身前與身後，杳無終極。一笑何須留故事，千年誰復知今日。拌〔三〕醉來、横卧隴頭雲，林間石。

選注：

〔一〕渾相識：即還相識。渾，張相《詩詞曲語辭匯釋》卷二『渾（二）』條：『渾，猶還也。』

〔二〕疇昔：往昔，以往。

〔三〕拌：捨弃，不顧惜之意。

又

送希顔之官徐州

元鼎詩仙，知音少、喜君留迹。還有恨、故山飛去，石城瓊壁。萬里征西天有意〔一〕，四方問舍今何日。便金虬、飛馭解移文，知無及。淮海地，雲雷夕。自不負，髯如戟。望幕中談笑，隱然勍敵〔二〕。此老何堪丞掾事，佳時但要江山筆。向楚王、臺上酒酣時〔三〕，須相憶。

選注：

〔一〕『萬里』句：指希顔應召任徐州觀察判官事。

〔二〕勍敵：强敵。

〔三〕『向楚王』句：楚王，指項羽。臺，指戲馬臺。項羽自立爲西楚霸王，定都彭城，于城南里許的南山上，構築高臺，以觀戲馬，故名戲馬臺。故址在今江蘇徐州。

又

枕上吳山〔一〕，隱隱見、宮眉修碧。人好在、斷腸渾似，畫圖相識。羅

襪塵香來有信，玉簫聲遠尋無迹。恨不將、春色醉仙桃，迷芳席。嬋

娟月，韶華日〔二〕。夢已盡，愁仍積。江花共江草，幾時終極。錦樹摧殘胡蝶老，冰綃剪破鴛鴦隻。拌楚雲、湘雨〔三〕一生休，休相憶。

選注：

〔一〕吴山：指女子髮髻高聳，狀如山峰。

〔二〕韶華日：指美好的時光。

〔三〕楚雲、湘雨：言楚襄王游高唐夢遇巫山神女事。現常用來指男女相思之情。

又

一枕餘醒〔一〕，厭厭〔二〕共、相思無力。人語定、小窗風雨，暮寒岑寂。綉被留歡香未減，錦書封泪紅猶濕〔三〕。問寸腸、能著幾多愁，朝還夕。春草遠，春江碧。雲暗澹，花狼藉。更柳綿閑颺，柳絲誰織。入夢終疑《神女賦》，寫情除有文星筆。恨伯勞、東去燕西歸，空相憶。

選注：

〔一〕酲：病酒。

〔二〕厭厭：氣息微弱、精神不振的樣子。

〔三〕『錦書』句：錦書，指妻子寄給丈夫的家書。『封泪紅猶濕』，用紅泪典故，紅泪指女子的眼泪。晋王嘉《拾遺記·魏》：『文帝所愛美人，姓薛，名靈芸……靈芸聞别父母，歔欷累日，泪下沾衣。至升車就路之時，以玉唾壺承泪，壺則紅色。既發常山，及至京師，壺中泪凝如血。』

彙評：

《詞則·閑情集》卷二：凄麗纖雅，叔原遺響。

永遇樂

夢中有以王正之〔一〕《樂府》相示者。予但記其末云：『莫嫌滿鏡，星星白髮，中有利名千丈。待明朝、有酒如川，自歌自放。』然正之未嘗有此作也。明日以示友人希顔、欽叔，謂可作《永遇樂》補成之。因爲賦此。二公亦曾同作。

絶壁孤雲，冷泉高竹，茅舍相忘。留滯三年，相思千里，歸夢風烟上。天公老大，依然兒戲，困我世間羈鞅〔二〕。此身似、扁舟一葉，浩浩拍天風浪。　中臺黄散〔三〕，官倉紅腐，换得塵容俗狀。枕上哦詩，夢中得句，笑了還惆悵。可憐滿鏡，星星白髮，中有利名千丈。問何時、有酒如川，自歌自放？

選注：

〔一〕王正之：劉祁《歸潛志》卷四：『王特起正之，代州崞縣人。少工詞賦，有聲。年十四餘方擢第。作詩極高，嘗有《龍德聯句》，爲時所稱。』

〔二〕羈靮：言牢籠、羈絆。

〔三〕中臺黄散：中臺，即尚書省。黄散，指黄門侍郎與散騎常侍，同爲門下省官員，因晋以後同掌尚書奏事，故稱。

聲聲慢

内鄉淅江上作

林間鷄犬，江上村墟，扁舟處處經過。袖裏新詩，買斷古木蒼波。山中一花一草，也留教、老子婆娑〔一〕。任人笑、甚風雲氣少，兒女情多。不待求田問舍，被朝吟暮醉，慣得蹉跎。百尺高樓，更問平地如何？朝來斜風細雨，喜紅塵、不到漁蓑。一尊酒，喚元龍〔二〕、來聽浩歌。

選注：

〔一〕婆娑：盤旋、徘徊。

〔二〕元龍：陳登字，三國下邳（今江蘇睢寧北）人。

洞仙歌

黃塵〔一〕鬢髮，六月長安〔二〕道。羞向青溪照枯槁。似山中遠志〔三〕，漫出山來，成個甚？祇是人間小草！　升平十二策，丞相封侯，説與高人應笑倒。對清風明月，展放眉頭，長恁地、大醉高歌也好。待都把、功名付時流，祇求個、天公放教空老。

選注：

〔一〕黄塵：指俗世、塵世。

〔二〕長安：此處借指汴京。

〔三〕遠志：藥草名。性温，味苦、辛，能安神、化痰。

彙評：

《詞則·放歌集》卷三：既不迫烈，又不纖巧，自嘲自嘆，猶有詩人遺意。『升平』三句粗。大踏步便出去，頗似坡仙筆路。

八聲甘州

玉京岩、龍香〔一〕海南來，《霓裳》〔二〕月中傳。有六朝圖畫，朝朝瓊樹，步步金蓮。明滅重簾畫燭，幾處鎖嬋娟〔三〕。塵暗秦王女〔四〕，秋扇年年。

一枕繁華夢覺，問故家桃李，何許爭妍？便牛羊丘隴，百草動荒烟。更誰知、昭陽〔五〕舊事，似天教、通德見伶玄。春風老、擁鬟顰黛，寂寞燈前。

選注：

〔一〕龍香：香名。海南以產香聞名。

〔二〕《霓裳》：即《霓裳羽衣曲》。

〔三〕嬋娟：體態美好貌，亦指美女。

〔四〕『塵暗』句：此句以班婕妤被弃之遭遇比喻國之滅亡。班婕妤《咏扇》詩有『紈扇如圓月，出自機中素。畫作秦王女，乘鸞向烟霧』詩句。

〔五〕昭陽：宮殿名。漢武帝時後宫八區之中有昭陽殿，成帝時趙飛燕居之。後世小説、戲曲中常以昭陽宫爲皇后所居之處。

江城子

醉來長袖舞鷄鳴。《短歌行》，壯心驚。西北神州，依舊一新亭。三十六峰長劍在，星斗氣，鬱崢嶸。古來豪俠數幽并。鬢星星，竟何成？他日封侯，編簡爲誰青？一掬釣魚壇〔一〕上泪，風浩浩，雨冥冥。

釣壇見《嚴光傳》。

選注：

〔一〕釣魚壇：即嚴陵瀨，指嚴光釣魚處。《後漢書·逸民列傳》：『嚴光，字子陵，一名遵，會稽餘姚人也。少有高名，與光武同游學。及光武即位，乃變名姓，隱身不見……除爲諫議大夫，不屈，乃耕于富春山，後人名其釣處爲嚴陵瀨焉。』

又

寄德新丈

春風花柳日相催。淅江梅，臘前開。開遍山桃，恰到野酴醾〔一〕。商嶺東來三百里，紅作陣，緑成堆。

半山亭下釣魚臺。拂層崖，坐蒼苔。林影湖光，佳處兩三杯。恨殺玉溪王老子〔二〕，忙個甚，不同來。

選注：

〔一〕『開遍山桃』二句：山桃，《爾雅·釋木》曰：『榹桃，山桃。』郭璞注：『實如桃而小，不解核。』酴醿，即酴醿花，宋張邦基《墨莊漫録》卷九：『酴醿花或作荼蘼，一名木香，有二品：一種花大而棘長條，而紫心者爲酴醿；一品花小而繁，小枝而檀心者爲木香。題咏者多。』

〔二〕玉溪王老子：玉溪，在嵩山。王老子，即王革，字德新。據詞題，可知此時德新隱居于嵩山。

又

送人歸舊居

草堂瀟灑浙江頭。傍林丘，買扁舟。隔岸紅塵，無路近沙鷗〔一〕。枕上有書尊有酒，身外事，更何求。暮雲歸鳥仲宣樓。敝貂裘〔二〕，爲誰留？千古書生，那得盡封侯！好在半山亭下路，聞未老，去來休。

選注：

〔一〕『隔岸』二句：紅塵，指官場俗事。沙鷗，指自由瀟灑的隱逸生活。

〔二〕敝貂裘：破舊的皮衣。典出《戰國策》卷三《秦策一·蘇秦始將連橫》：『（蘇秦）説秦王書十上而不行。黑貂之裘敝，黄金百斤盡，資用乏絶，去秦而歸。』

又

賦芍藥揚州紅〔一〕

司花〔二〕著意壓春魁。绿雲堆，擁香來。冉冉紅鸞〔三〕，十步一徘徊。花到揚州佳麗種，金作屋，玉爲階。

門前腰鼓揭春雷。倚妝臺，儘人催。鶯語丁寧，空繞百千回。不道惜花人欲去，看直待，幾時開？

選注：

〔一〕芍藥揚州紅：《本草經》：『芍藥，一名白犬。生山谷及中嶽。』《後論》曰：『揚之芍藥甲天下，其盛不知起于何代，觀其今日之盛，古想亦不減于此矣。』

〔二〕司花：隋煬帝時，洛陽進合蒂迎輦花，帝命御車女袁寶兒持之，號曰司花女。

〔三〕紅鸞：傳説中的仙鳥，色紅。此處喻芍藥花。

又

内鄉縣廨芳菊堂前，大酴醾架芳香絶异。常年開時，人有見素衣美婦，迫視之，無有也。或者以爲花神，故并記之。

纖條裊裊雪葱籠。翠陰重，暖香融。想是春工，滿意與薰醲。百畹種蘭千畝蕙，都辦〔一〕作，一簾風。花開人似玉芙蓉。月明中，下瑤宮〔二〕。祇恐行雲，歸去捲花空。剩著瓊杯斟曉露，留少住，莫匆匆。

選注：

〔一〕辦：張相《詩詞曲語辭匯釋》卷五『辦』條：『辦，有辦到義；有準備義；有具備義。』此處爲準備義。

〔二〕瑤宮：玉飾之宮殿，仙人所居之所。漢東方朔《海内十洲記》：『（方丈洲）

上專是群龍所聚，有金玉琉璃之宮，三天司命所治之處。』瑶宫即金玉琉璃之宫。

又

嵩山中作

衆人皆醉屈原醒。笑劉伶〔一〕，酒爲名。不道劉伶，久矣笑螟蛉。死葬糟丘殊不惡，緣底事，赴清泠〔二〕。

醉鄉千古一升平。物忘情，我忘形。相去羲皇〔三〕，不到一牛鳴〔四〕。若見三閭〔五〕憑寄語，尊有酒，可同傾。

選注：

〔一〕劉伶：西晋沛國（今安徽濉溪縣西北）人，字伯倫，『竹林七賢』之一。嗜酒，作《酒德頌》，對傳統『禮法』表示蔑視，宣揚老莊思想和縱酒放誕生活。

〔二〕『死葬糟丘』三句：謂劉伶醉死糟丘還不錯，屈原爲何投水自盡？糟丘，酒糟堆成的小丘。

〔三〕羲皇：伏羲氏。此指遠古。

〔四〕一牛鳴：謂牛鳴聲可及之地，即距離非常近。

〔五〕三閭：指屈原。屈原曾官任三閭大夫。

又

二更轟飲四更回。宴繁臺，盡鄒枚〔一〕。誰念梁園〔二〕，回首便成灰。今古廢興渾一夢，憑底物，寄悲哀。　青天蕩蕩鏡奩開。月光來，且徘徊。何用東生，西没苦相催。世事悠悠吾老矣，歌一曲，盡餘杯。

選注：

〔一〕『宴繁臺』二句：繁臺，亦曰平臺，地名，在今河南開封東南，相傳爲春秋時師曠吹臺。漢梁孝王增築，招延四方豪杰，其中包括鄒陽、枚乘等人。

〔二〕梁園：又稱梁苑、兔園。在今河南開封市東南，漢梁孝王築，爲游賞與延賓之所。

又

夢德新丈因及欽叔舊游，河山亭，在□□。

河山亭上酒如川。玉堂仙〔一〕，重留連。猶恨春風，桃李負芳年。長記鶯啼花落處，歌扇後，舞衫前。

舊游風月夢相牽。路三千，去無緣。

滅没飛鴻，一綫入秋烟。白髮故人今健否？西北望，一潸然！

選注：

〔一〕玉堂仙：唐宋以後稱翰林院爲玉堂。作者好友李欽叔南渡後曾入翰林爲應奉，而作此詞時，李欽叔已故，故有此語。

彙評：

《詞則·别調集》卷三：玉田稱遺山精于煉句，當指此種。

又

劉濟川〔一〕來别，同宿康庵。夢與予過〔二〕田家飲，行及太原，作此爲寄。

來鴻去燕十年間。鏡中看，各衰顔。恰待蒙泉，東畔買青山。夢裏鄰村新釀熟，携竹杖，款〔三〕柴關。人生誰得老來閑？記清歡，見君難。長路悠悠，回首暮雲還。斷嶺不遮南望眼，時爲我，一憑闌！濟川皁昌〔四〕諸孫，在灄上時，及與伯玉〔五〕、知幾游從。

選注：

〔一〕劉濟川：即劉濟，字濟川，今河北大名縣人。金時僞齊劉豫之孫。其父投蒙古國，見成吉思汗于六盤山，受管軍千户。

〔二〕過：造訪，拜訪。

〔三〕款：叩，敲。

〔四〕皁昌：金時僞齊劉豫年號（一一三〇—一一三七）。

〔五〕伯玉：即張轂，許州人，伯英運使之弟，少有俊才。

彙評：

《蕙風詞話》卷三：遺山詞佳句甚夥矣，燈窗雒頌，率意選摘，不無遺珠之惜也。《江城子·太原寄劉濟川》云：『斷嶺不遮南望眼，時爲我，一憑闌！』前調《觀別》云：『萬古垂楊，都是折殘枝。』又云：『爲問世間離別淚，何日是，滴休時。』……凡余選録前人詞，以渾成沖淡爲宗旨。余所謂佳，容或以爲未是，安能起遺山而質之？

又

觀別

旗亭〔一〕誰唱渭城詩？酒盈卮〔二〕，兩相思。萬古垂楊，都是折殘枝。舊見青山青似染，緣底事，澹無姿？　情緣不到木腸兒〔三〕。鬢成絲，更須辭。衹恨芙蓉，秋露冷胭脂〔四〕。爲問世間離別泪，何日是，滴休時？

選注：

〔一〕旗亭：酒樓。

〔二〕卮：盛酒的器皿。

〔三〕木腸兒：比喻人心腸如木石，不易動情。

〔四〕『衹恨芙蓉』二句：言芙蓉如胭脂般的紅色爲秋露所洗去，比喻美人泪流滿面，如花失色。

彙評：

清·馮金伯《詞苑萃編》卷六引《詞略》：遺山樂府中有《江城子》二首最佳，其一《夢德新丈因及欽叔舊游》云（詞略），一首《覯別》云（詞略）。

又

河堤烟樹渺雲沙。七香車〔一〕，更天涯。萬古千秋，幽恨入琵琶。想到都門南下望，金縷暗，玉釵斜。

津橋〔二〕春水浸紅霞。上陽〔三〕花，落誰家？獨恨經年，培養牡丹芽！寒雁歸時憑寄語，莫容易〔四〕，損容華。

選注：

〔一〕七香車：多種香木所製之車。

〔二〕津橋：即洛陽天津橋，在河南洛陽西南洛水上。此處借指汴京。

〔三〕上陽：唐高宗所建宮殿，故址在今河南洛陽市。此借指汴京。

〔四〕容易：言輕易。

三奠子

離南陽後作

悵韶華流轉，無計留連。行樂地，一凄然。笙歌寒食〔一〕後，桃李惡風前〔二〕。連環玉，回文錦，兩纏綿。芳塵未遠，幽意誰傳？千古恨，再生緣。閑衾香易冷，孤枕夢難圓。西窗雨，南樓月，夜如年。

選注：

〔一〕寒食：節令名，清明節前。相傳起于晉文公悼念介之推事，以介之推抱木焚死，遂定于是日禁火寒食。

〔二〕『桃李』句：以桃李遭受狂風摧折喻人之早逝。

感皇恩

洛西爲劉兄景玄〔一〕賦《秋蓮曲》

金粉〔二〕拂霓裳，凌波微步。瘦玉亭亭依秋渚。澹香高韵，費盡一天清露。惱人容易被、西風誤。微雨岸花，斜陽汀樹。自惜風流怨遲暮。珠簾青竹，應有阿溪〔三〕新句。斷魂誰解與、烟中語。

選注：

〔一〕劉兄景玄：即劉昂霄，字景玄，陵川人。明昌二年進士，仕爲承發司管勾。

〔二〕金粉：指蓮花上的花粉。

〔三〕阿溪：辛愿，字敬之，號溪南詩老。

彙評：

《蕙風詞話》卷三：遺山詞佳句夥矣，燈窗雒誦，率臆選摘，不無遺珠之惜也……《感皇恩·秋蓮曲》云：『微雨岸花，斜陽汀樹。自惜風流怨遲暮。』……余所謂佳，容或以爲未是，安能起遺山而質之？

促拍醜奴兒

鄉鄰會飲，有請予增損舊曲者，因爲賦此。

無物慰蹉跎。占一丘、一壑婆娑。閑來點檢〔一〕平生事，天南地北，幾多塵土，何限風波！　花塢〔二〕與松坡。盡先生、少小經過。老來詩酒猶堪任，家山在眼，親朋滿坐，不醉如何？

選注：

〔一〕點檢：反省檢查。

〔二〕花塢：四面高而中央低的花圃。

青玉案

落紅吹滿沙頭路，似總被、春將去。花落花開春幾度？多情惟有，畫梁雙燕，知道春歸處。　鏡中冉冉韶華暮，欲寫幽懷恨無句。九十花期〔一〕能幾許？一卮芳酒，一襟清泪，寂寞西窗雨。

選注：

〔一〕九十花期：指一季的花期。一季爲九十日。

梅花引

泰和中，西州〔一〕士人家女阿金，姿色絕妙。其家欲得佳婿，使女自擇。同郡某郎獨華腴，且以文彩風流自名。女欲得之，嘗見郎墻頭，數語而去。他日又約于城南，郎以事不果來，其後從兄官陝右〔二〕，女家不能待，乃許他姓。女鬱鬱不自聊，竟用是得疾，去大歸二三日而死。又數年，郎仕，馳驛過家，先通殷勤者持冥錢告女墓云：『郎今年歸，女知之耶？』聞者悲之。此州有元魏離宮〔三〕，在河中潭〔四〕，士人月夜踏歌和云：『魏拔來，野花開。』故予作《金娘怨》，用楊白花故事〔五〕，詞云：『含情出户嬌無力，拾得楊花泪沾臆。春去秋來雙燕子，願銜楊花入窠裏。』郎中朝貴游，不欲斥其名，借古語道之。讀者當以意曉云。『骨化形銷，丹誠不泯。因風委露，猶托清塵。』是崔娘〔六〕書詞，事見元相國傳奇。

墻頭紅杏粉光勻〔七〕，宋東鄰，見郎頻〔八〕。腸斷城南，消息未全真。拾得楊花雙淚落，江水闊，年年燕語新。見説金娘埋恨處，蒺藜沙，草不盡。離魂一隻鴛鴦去，寂寞誰親？惟有因風，委露托清塵。月下哀歌宮殿古，暮雲合，遥山入翠顰〔九〕。

選注：

〔一〕西州：在今河南省西部。

〔二〕陝右：地名，今屬陝西省。

〔三〕元魏離宫：北魏孝文帝遷都洛陽，改本姓拓跋爲元，故北魏又稱元魏。離宫，皇帝正宫以外的臨時宫室。

〔四〕渾：沙灘。

〔五〕楊白花故事：《樂府詩集》卷七三《楊白花》序曰：『《梁書》曰：「楊華，武都仇池人也。少有勇力，容貌雄偉。魏胡太后逼通之，華懼及禍，乃率其部曲來降。胡太后追思之，不能已，爲作《楊白花歌辭》，使宫人晝夜連臂踏足歌之，聲甚凄婉。」故《南史》曰：「楊華本名白花，奔梁後名華。魏名將楊大眼之子也。」』

〔六〕崔娘：即《鶯鶯傳》中的紅娘。

〔七〕『墻頭』句：粉光，指花的色澤。此處以花喻人。

〔八〕『宋東鄰』二句：《文選》卷一九宋玉《登徒子好色賦序》：『（宋）玉曰：「天下之佳人莫若楚國，楚國之麗者莫若臣里，臣里之美者莫若臣東家之子。東家之子增之一分則太長，減之一分則太短……然此女登墻窺臣三年，至今未許也。」』

〔九〕翠顰：女子之眉。

定風波

楊叔能將歸淄州，與予别于山陽〔一〕，作《鷓鴣天》詞留贈云：『邂逅梁園〔二〕對榻眠，舊游回首一凄然。當時好客誰爲最？李趙〔三〕風流兩謫仙〔四〕。居接棟，稼鄰田，與君詩酒度殘年。飄零南北如相避，開歲還分隴上泉。』因用其意答之。李、趙，謂閑閑公與屏山也。

白髮相看老弟兄，恨無一語送君行。至竟〔五〕交情何處好？向道，不如行路本無情。少日龍門星斗近。争信，凄凉湖海寄餘生。耆舊〔六〕風流誰復似？從此，休將文字占時名！

選注：

〔一〕山陽：治所在今河南省焦作市東，以其處太行山之陽而得名。
〔二〕梁園：此處指汴京。
〔三〕李趙：李即李純甫，號屏山居士。趙即趙秉文，號閑閑居士。
〔四〕謫仙：謫居世間之仙人，指才行高邁之人。
〔五〕至竟：畢竟，究竟。
〔六〕耆舊：年高而久負聲望的人，此處指李、趙二人。

蝶戀花

白鹿原新齋作

負郭桑麻秋課〔一〕重。十角黄牛，分得山田種。鄉社鷄豚人與共，春風漸入浮蛆〔二〕瓮。繞屋清溪醒午夢。一榻翛然，坐受雲山供。四海虛名將底用，一聲啼鳥岩花動。

選注：

〔一〕秋課：指秋季賦税。

〔二〕浮蛆：浮于酒面上的泡沫。

臨江仙

自洛陽往孟津道中作

今古北邙山〔一〕下路，黄塵老盡英雄。人生長恨水長東。幽懷誰共語，遠目送歸鴻。　蓋世功名將底用？從前錯怨天公。浩歌一曲酒千鍾。男兒行處是，未要論窮通。

選注：

〔一〕北邙山：在今河南洛陽北。東漢及北魏王侯公卿多葬于此。

彙評：

《詞則・放歌集》卷三：壯浪語正自沉鬱。

又

飲昆陽官舍有懷德新丈

世故迫人無好況，酒杯今日初拈。昆陽城下酹蒼蟾〔一〕。乾坤悲永夜，笳鼓覺秋嚴。　夢寐玉溪溪上路，竹枝斜出青簾〔二〕。故人〔三〕白髮未應添。浩歌風露下，相望一掀髯〔四〕。

選注：

〔一〕蒼蟾：指月亮。

〔二〕青簾：指古時酒店所挂幌子。

〔三〕故人：應指王革，字德新，遺山好友。

〔四〕掀髯：指笑時口開鬚張的樣子。

又

寄德新丈

自笑此身無定在，北州又復南州。買田何日遂歸休。向來元落落，此去亦悠悠。

赤日黃塵三百里，嵩丘幾度登樓。故人多在玉溪頭。清泉明月曉，高樹晚蟬秋。

彙評：

《詞則・放歌集》卷三：亦是前篇結意，更覺灑落有致。

又

醉眼紛紛桃李過，雄蜂雌蝶同時。一生心事杏花詩。小橋春寂寞，風雨鬢成絲。天上鸞膠〔一〕尋不得，直教吹散胭脂。月明千里少姨祠〔二〕。山中開較晚，應有背陰枝。

小橋南北夢幽尋，殘醉瞢騰不易禁。一樹杏花春寂寞，惡風吹折五更心。此予二十年前嵩山中詩也。

選注：

〔一〕鸞膠：傳説中的一種膠，能把弓弦斷處粘接起來。後常將男子續娶稱爲『鸞膠再續』。

〔二〕少姨祠：即少姨廟。金宣宗興定四年（一二二〇）六月，遺山與雷淵、李獻能同游玉華谷，過少姨廟，得壁間古仙詞，并爲之賦。

又

夏館秋林在内鄉北山〔一〕

夏館秋林山水窟〔二〕，家家林影湖光。三年閑爲一官忙。簿書愁裏過，筍蕨〔三〕夢中香。　父老書來招我隱，臨流已蓋茅堂。白頭兄弟共論量。山田尋二頃，他日作桐鄉〔四〕。

選注：

〔一〕『夏館』句：《明一統志·南陽府》：『秋林夏館山在内鄉縣北一百五十里。』

〔二〕山水窟：指風景佳勝之處。

〔三〕筍蕨：竹筍與蕨菜。

〔四〕桐鄉：在今安徽桐城北。

彙評：

《詞則・放歌集》卷三：多少感慨溢于言外，遺山一片熱腸鬱鬱勃勃，豈真慕隱士哉？

江月晃重山

初到嵩山時作

塞上秋風鼓角，城頭落日旌旗。少年鞍馬適相宜。從軍樂，莫問所從誰。
候騎〔一〕才通薊北〔二〕，先聲已動遼西〔三〕。歸期猶及柳依依。春閨月，紅袖不須啼。

選注：

〔一〕候騎：巡邏偵察之騎兵。

〔二〕薊北：今河北省北部。

〔三〕遼西：郡名。戰國燕地。秦漢治陽樂（今遼寧義縣西）。轄今河北遷西、樂亭、遼寧松嶺山以東，長城以南，大凌河下游以西地區。後轄境漸小，十六國前燕移治令支（今河北遷安南），北燕移治肥如（今盧龍北），北齊廢入北平郡。

虞美人

題蘇小小〔一〕圖

桐陰別院宜清晝，入坐春山秀。美人圖子阿誰留？都是宣和名筆〔二〕內家〔三〕收。

鶯鶯燕燕分飛後，粉淡梨花瘦。祇除蘇小不風流，倒插一枝萱草鳳釵頭。

選注：

〔一〕蘇小小：《樂府詩集》卷八五《雜歌謡辭》三《蘇小小歌》引《樂府廣題》曰：『蘇小小，錢塘名倡也，蓋南齊時人。』

〔二〕宣和名筆：即宣和名畫。宣和，宋徽宗年號（一一一九—一一二五）。

〔三〕内家：指皇宫。古時皇宫稱大内，亦稱内家。

彙評：

陶宗儀《南村輟耕録》卷一七：余嘗記《虞美人》長短句云：（詞略）亦藴藉可喜，乃元遺山先生所作也。

鵲橋仙

同欽叔欽用賦梅

孤根漸暖，芳魂乍返，待吐檀心〔一〕又懶。未先拈出一枝香，算祇是、司花會揀。　情緣未斷，韶華易減，早去尋芳已晚。東風容易〔二〕莫吹殘，暫留與、何郎〔三〕慰眼〔四〕。

選注：

〔一〕檀心：淺紅色的花心。

〔二〕容易：輕易，草草的。

〔三〕何郎：指何遜。何遜《揚州法曹梅花盛開》詩：『兔園標物序，驚時最是梅。銜霜當路發，映雪擬寒開。枝横却月觀，花繞凌風臺。朝灑長門泣，夕駐臨邛杯。應知早飄落，故逐上春來。』注曰：『遜爲建安王水曹，王刺揚州，遜廨舍有梅花一株，日吟咏其下，賦詩云云。後居洛思之，再請其任，抵揚州，花方盛開，遜對花彷徨，終日不能去。』

〔四〕慰眼：指有眼福。

又

乙未三月，冠氏紫微觀桃符開花一枝〔一〕，予與楊焕然共嘆，以爲此亦當却一春耶？因取此意作此，以自喻云。

槐根夢覺〔二〕，瓜田歲暮，白髮新來無數。長安遷客望朱崖，未唤得、烟霄失路〔三〕。西州芍藥，南州瓊樹，香滿雲窗月户。蒺藜沙上野花開，也算卻、春風一度。

選注：

〔一〕『冠氏』句：相傳東海度朔山大桃樹下有鬱、壘二神，手執葦索，以待不祥之鬼殺之。舊俗于農曆元旦，在桃木板上畫二神，懸于門上，以驅鬼辟邪。冠氏，今山東省冠縣。

〔二〕『槐根』句：指『南柯一夢』的故事。唐代李公佐《南柯太守傳》，略謂：淳于棼夢至槐安國，國王以女妻之，任南柯太守，享榮華富貴，顯赫一時。後與敵戰而敗，公主亦死，被遣回。醒後見槐樹南枝下有蟻穴，即夢中所歷。

〔三〕烟霄失路：言仕途中斷。

南鄉子

少日負虛名，問舍求田意未平。南去北來〔一〕今老矣，何成？一綫微官誤半生！　孤影伴殘更，萬里燈前骨肉情。短髮抓來看欲盡，天明。能是青青得幾莖〔二〕？

選注：

〔一〕南去北來：金哀宗天興二年四月，遺山以亡金故官被拘至青城，五月自青城北渡黄河往山東聊城。故遺山有『北去南來』之嘆。

〔二〕幾莖：幾根。

又

幽意曲中傳，總是才情得處偏〔一〕。唱到斷腸聲欲斷，還連。一串驪珠個個圓〔二〕。畫扇綺羅筵〔三〕，韓馬〔四〕風流在眼前。坐上有人持酒聽，淒然。夢裏梁園又一年！

選注：

〔一〕偏：多、深。此處『偏』字即有『多』義。

〔二〕『一串』句：驪珠，傳説出自驪龍頷下的寶珠，比喻珍貴的人才或物品。此句用以比喻歌聲婉轉圓潤。

〔三〕綺羅筵：指華美的筵席。

〔四〕韓馬：指韓幹所繪之馬。韓幹，唐代畫家，擅繪人物、鬼神，尤工畫馬。

又

九日，同燕中諸名勝登瓊□故基〔一〕。

樓觀鬱嵯峨〔二〕，瓊島〔三〕烟光太乙〔四〕波。真見銅駝荆棘裏，摩挲。前度青衫泪更多！　勝日小婆娑，欲賦蕪城〔五〕奈老何！千古廢興渾一夢，從他！且放雲山入浩歌。

選注：

〔一〕『同燕中』句：燕中，即燕京（今北京市），金之中都。名勝，此處指名流、名公。

〔二〕嵯峨：高峻貌。

〔三〕瓊島：指瓊華島。

〔四〕太乙：指太液池。

〔五〕蕪城：即今江蘇省揚州市。

踏莎行

微步生塵，殘妝暈酒。朱門如海空回首！東風正有去年花，柔條去作誰家柳？

細雨春寒，燈青夜久。孤衾未暖還分手。夢中見也不多時，怎生望得長相守？

鷓鴣天

隆德故宮，同希顔、欽叔、知幾〔一〕諸人賦。

臨錦堂前春水波，蘭皋亭下落梅多〔二〕。三山宮闕空瀛海，萬里風埃暗綺羅。　雲子酒，雪兒〔三〕歌，留連風月共婆娑。人間更有傷心處，奈得劉伶醉後何。

選注：

〔一〕知幾：即麻九疇（一一七四—一二三三），莫州人。博通五經，尤擅《易》《春秋》。《金史》有傳。

〔二〕『臨錦堂』二句：臨錦堂、蘭皋亭，在金故都燕京（今北京）。

〔三〕雪兒：指唐李密愛姬，能歌善舞。此處指歌女。

彙評：

《詞則·放歌集》卷三：蒼茫雄肆，竟似稼軒手筆。

《蕙風詞話》卷三：《鷓鴣天》三十七闋，泰半晚年手筆。其《賦隆德故宮》及《宮體八首》《薄命妾辭》諸作，蕃艷其外，醇至其内，極往復低徊、掩抑零亂之致。而其苦衷之萬不得已，大都流露于不自知……晚歲鼎鑊餘生，棲遲零落，興會何能飈舉。知人論世，以謂遺山即金之坡公，何遽有愧色耶？充類言之，坡公不過逐臣，遺山則遺臣孤臣也……其詞纏綿而婉曲，若有難言之隱，而又不得已于言，可以悲其志而原其心矣。

《詞學通論》：是以遺山所作，輒多故國之思……《鷓鴣天》云：『三山宮闕空瀛海，萬里風埃暗綺羅。』又云：『舊時逆旅黄粱飯，今日田家白板扉。』又云：『墓頭不要征西字，元是中原一布衣。』皆可見其襟懷抱負。

又

零落栖遲感興多，酒杯直欲捲銀河。人間青鏡悲華髮，世外仙棋爛斧柯〔一〕。長袖舞，抗音歌，月明人影兩婆娑。醉來知被旁人笑，無奈風情未減何。

選注：

〔一〕『世外』句：南朝任昉《述异記》卷上：『信安郡石室山，晋時王質伐木，至，見童子數人，棋而歌，質因聽之。童子以一物與質，如棗核，質含之，不覺飢。俄頃，童子謂曰：「何不去？」質起，視斧柯爛盡，既歸，無復時人。』此處謂人事變遷。

又

蓮

瘦緑[一]愁紅倚暮烟，露華[二]凉冷洗嬋娟。含情脉脉知誰怨，顧影依依定自憐。風送雨，水連天，凌波無夢夜如年。何時北渚亭[三]邊月，狼藉秋香[四]拂畫船。

選注：

〔一〕瘦緑：指蓮葉。

〔二〕露華：指清冷的月光。

〔三〕北渚亭：在今山東濟南市。

〔四〕秋香：秋天的花，此指蓮花。

又

孟津作

總道忘憂有杜康，酒逢歡處更難忘。桃紅李白春千樹，古是今非笑一場。

歌浩蕩，墨淋浪〔一〕，銀釵縞袂〔二〕滿鄰墻。百年得意多能幾，乞去聲與兒曹說醉狂。

選注：

〔一〕淋浪：潑染，揮灑。

〔二〕縞袂：指女子所穿白色衣裳。

又

與欽叔、京甫〔一〕市飲

樓上歌呼倒接䍦〔二〕，樓前分手却相携。雨前雨後花枝減，州北州南酒價低。憐木雁〔三〕，笑醯鷄〔四〕，鶴長鳧短幾時齊？醒來門外三竿日，卧聽春泥過馬蹄。

選注：

〔一〕京甫：即冀禹錫，惠州龍山人。少有才情。蒲察官奴之變，與宰相李蹊同被殺，年四十三。

〔二〕接䍦：古代的一種頭巾。

〔三〕木雁：指有才與無才。《莊子·山木篇》：莊子行于山中，見大樹因不材而免于被人砍伐；後又見主人選殺不會鳴叫之雁以享客。弟子疑而問于莊子：『昨日山中之木以不材得終其天年，今主人之雁以不材死，先生將何處？』莊子笑曰：『周將處乎材與不材之間。』

〔四〕醯鷄：即蠛蠓，小蟲名。此處指狹小的空間。

又

中秋夜飲倪文仲家蓮花白〔一〕，醉中同李仁欽賦。

月窟秋清桂葉丹，仙家釀熟水芝〔二〕殘。香來寶地三千界〔三〕，露入金莖〔四〕十二槃。　天澹澹，夜漫漫，五湖豪客酒腸寬。醉來獨跨蒼鸞〔五〕去，太華峰高玉井寒。蓮爲水芝，見崔豹《古今注》。

選注：

〔一〕蓮花白：酒名。《浙江通志》引《正德嘉善縣志》：『臘月以曲釀秫作酒，煮而藏之，曰煮酒；其隨時而釀者，曰蓮花白。』

〔二〕水芝：荷花的别稱。

〔三〕三千界：佛教名詞。『三千大千世界』的簡稱。以須彌山爲中心，七山八海交繞，以鐵圍山爲外郭，是謂一小世界，合一千個小世界爲小千世界，合一千個小千世界爲中千世界，合一千個中千世界爲大千世界，總稱爲三千大千世界。

〔四〕金莖：銅柱，用以擎承露槃。

〔五〕蒼鸞：即青鸞，傳説中的神鳥。

又

宮體〔一〕八首

候館〔二〕燈昏雨送涼，小樓人靜月侵床。多情却被無情惱，今夜還如昨夜長。金屋暖，玉爐香，春風都屬富家郎。西園何恨相思樹，辛苦梅花候海棠〔三〕。

選注：

〔一〕宫體：即宫體詩。南朝梁以太子蕭綱（即簡文帝）的東宫爲中心形成的一種詩風。一般指閨怨體裁及描摹女子舉止情態的詩。此處遺山以宫體抒寫故國之思。

〔二〕候館：指接待過往人員或外國使者的驛館。

〔三〕『辛苦』句：梅花開在小寒，海棠開在春分，以梅花候海棠，實難矣，故曰辛苦。

又

翡翠鴛鴦不自由，鏡中鸞舞〔一〕祇堪愁。庭前花是同心樹，山上泉分兩玉流〔二〕。金絡馬〔三〕，木蘭舟，誰家紅袖水西樓。春風殢〔四〕殺官橋柳，吹盡香綿〔五〕不放休。

選注：

〔一〕鏡中鸞舞：南朝范泰《鸞鳥詩序》：『昔罽賓王得鸞鳥，甚愛之，欲其鳴而不能致，夫人曰：「聞鳥得類而後鳴，何不懸鏡以照之？」王從其言，鸞鳥見影而鳴，一奮而絶。』此處借指閨中女子孤獨寂寞的哀愁。

〔二〕玉流：清澈之流水。此喻男女天各一方，如同泉水分兩個方向流走。

〔三〕金絡馬：裝飾華麗的馬。

〔四〕殢：困擾，糾纏。

〔五〕香綿：指柳絮。

又

天上腰肢説館娃〔一〕，眼中金翠有芳華〔二〕。行雲著意留歌扇，遠柳無情隔鈿車。周昉〔三〕畫，洛陽花〔四〕，數枝濃艷落誰家？春寒恨殺如年夜，庭樹陰陰欲暮鴉。

選注：

〔一〕館娃：原指館娃宫，後泛指美女。此處指宫女、歌妓。

〔二〕芳華：香花，此處比喻歌女之美貌。

〔三〕周昉：唐代著名畫家。以畫豐滿之婦女著稱。

〔四〕洛陽花：指牡丹。歐陽修《洛陽牡丹記·花品序第一》曰：『牡丹出丹州、延州，東出青州，南亦出越州，而出洛陽者，今爲天下第一。』

又

小字繚綾〔一〕寫欲成，印來眉黛緑分明。水流刻漏〔二〕何曾住，玉作彈棋〔三〕儘未平。愁易積，夢頻驚，閑衾歌枕覺霜清。月明不放寒枝穩，夜夜烏啼徹五更。

選注：

〔一〕繚綾：極精緻的絲織品。産于越地，唐時爲貢品。

〔二〕刻漏：古時用來計時的器具。《周禮·夏官挈壺氏》孫詒讓《正義》：『蓋壺以盛水爲漏，下當有盤承之，箭刻百刻，樹之盤中，水下盤内淹箭，以定刻數。』

〔三〕彈棋：古代的一種博戲。

又

自在晴雲覆苑墻，徘徊明月駐清光。已看紅袖沾芳酒，猶認宮螺〔一〕映綺窗。金翡翠〔二〕，綉鴛鴦，春風花暖柳綿香。殷勤未數《閑情賦》〔三〕，不願將身作枕囊。

選注：

〔一〕宮螺：言眉黛。此借指美女。

〔二〕金翡翠：翡翠，鳥名。此指翡翠狀的首飾。

〔三〕《閑情賦》：陶淵明所作。多有描寫男女愛情的内容。

又

複幕重簾錦作天，金壺銀燭夜如年。漢皋解佩〔一〕終疑夢，緱嶺〔二〕吹笙恰是仙。花一夢，柳三眠〔三〕，春風無意惜芳妍。羅裙細看輕盈態，元在腰肢婀娜邊。

選注：

〔一〕漢皋解佩：漢皋，山名。傳説鄭交甫于漢皋臺下遇二女，二女解珠佩相贈。

〔二〕緱嶺：即緱氏山。明傅梅《嵩書·山類》：『緱氏山，在少室西北，出崿嶺口二十三里府店之右，即王子晉乘白鶴舉手謝時人而去之處也。』

〔三〕柳三眠：相傳漢苑中柳樹一日三起三倒，如人一日三眠。

又

八繭吴蠶〔一〕剩欲眠，東西荷葉兩相憐。一江春水何年盡，萬古清光此夜圓。　花爛錦，柳烘烟，韶華滿意與歡緣。不應寂寞求凰意〔二〕，長對秋風泣斷弦〔三〕。

選注：

〔一〕八繭吴蠶：《文選》卷五左思《吴都賦》：『鄉貢八蠶綿。』李善注引劉欣期《交州記》曰：『一歲八蠶繭，出日南也。』

〔二〕求凰意：指男子求偶之意。

〔三〕斷弦：男子喪妻爲斷弦。

又

好夢初驚百感新，誰家歌管隔墻聞。殘燈收罷空明月，臘雪消融更暮雲。　鶯有伴，雁離群，西窗寂寞酒微醺。春寒留得梅花在，剩爲何郎瘦幾分。

彙評：

繆鉞《遺山樂府編年小箋》自識：若夫張皇幽眇，探測隱微，『宮體』八首，蘭成哀國之心；『薄命』三章，江令自傷之作。

又

拍塞〔一〕車箱滿載書，梁鴻〔二〕元與世相疏。祇緣携手尋歸計，不恨埋頭屈壯圖。蒼玉硯〔三〕，古銅壺，坐看兒輩了耕鋤。年年此日如川酒，千尺青松儘未枯。

選注：

〔一〕拍塞：充塞、充斥的意思。

〔二〕梁鴻：東漢時扶風平陵人，字伯鸞。家貧而博學，與妻孟光隱居霸陵山中，以耕織爲業。

〔三〕蒼玉研：指青蒼色玉石製成的硯臺。

又

華表歸來老令威，頭皮留在姓名非〔一〕。舊時逆旅黃粱飯〔二〕，今日田家白板扉〔三〕。沽酒市，釣魚磯，愛閑真與世相違。墓頭未要征西字，元是中原一布衣。

選注：

〔一〕『頭皮』句：蘇軾《東坡志林》卷二『書楊朴事』：昔年過洛，見李公簡言：『真宗既東封，訪天下隱者，得杞人楊朴，能詩。及召對，自言不能。上問：「臨行有人作詩送卿否？」朴曰：「惟臣妾有一首云：更休落魄耽杯酒，且莫倡狂愛咏詩。今日捉將官裏去，這回斷送老頭皮。」上大笑，放還山。』

〔二〕黃粱飯：即黃粱一夢之典。

〔三〕白板扉：簡陋的門。

彙評：

《詞則·放歌集》卷三：此又迫于稼軒，以力量大而不病其粗也。

又

衹近浮名不近情，且看不飲更何成！三杯漸覺紛華遠，一斗都澆磈磊〔一〕平。　醒復醉，醉還醒，靈均〔二〕憔悴可憐生。《離騷》讀殺渾無味，好個詩家阮步兵〔三〕。

選注：

〔一〕磈磊：即塊磊，指胸中鬱結之氣。

〔二〕靈均：屈原字。其《離騷》曰：『名余曰正則兮，字余曰靈均。』

〔三〕阮步兵：指阮籍，阮籍嗜酒。《世説新語·任誕》：『步兵校尉缺，廚中有貯酒數百斛，阮籍乃求爲步兵。』

又

枕上清風午夢殘，華胥〔一〕東望海漫漫。湖山似要閑身管，花柳難將病眼看。　三徑在，一枝安，小齋容膝有餘寬〔二〕。鹿裘〔三〕孤坐千峰雪，耐〔四〕與青松老歲寒。

選注：

〔一〕華胥：傳説中的國名。《列子·黄帝》：『（黄帝）晝寢，而夢游于華胥氏之國。華胥氏之國在弇州之西，台州之北，不知斯齊國幾千萬里。蓋非舟車足力之所及，神游而已。』後用爲夢境的代稱。

〔二〕『三徑』三句：透露出遺山願效法陶淵明甘于清貧、歸隱田園之意。

〔三〕鹿裘：粗陋的裘衣。

〔四〕耐：值得。

又

偃蹇〔一〕蒼山卧北岡，鄭莊場圃入微茫。即看花樹三春滿，舊數松風六月凉。

蔬近井，蜜分房，茅齋堅坐有藜床〔二〕。傍人錯比揚雄宅〔三〕，笑殺韓家晝錦堂〔四〕。

選注：

〔一〕偃蹇：高聳。

〔二〕『茅齋』句：指遺山甘守清貧。茅齋，猶言茅屋。堅坐，久坐。藜床，藜莖編成之床榻，泛指簡陋的坐榻。

〔三〕揚雄宅：《漢書·揚雄傳》：『揚雄字子雲，蜀郡成都人也……有田一廛，有宅一區，世世以農桑爲業。』

〔四〕韓家晝錦堂：韓家，指宋宰相韓琦。晝錦，項羽曾曰：『富貴不歸故鄉，如衣繡夜行，誰知之者？』詳見《史記·項羽本紀》。後稱富貴還鄉爲晝錦。

又

《薄命妾辭》三首

複幕重簾十二樓〔一〕，而今塵土是西州〔二〕。香雲〔三〕已失金鈿翠，小景猶殘畫扇秋〔四〕。　天也老，水空流，春山供得幾多愁。桃花一簇開無主，儘著風吹雨打休。

選注：

〔一〕十二樓：傳説昆侖山有玉樓十二層。此指女子所居樓閣。

〔二〕西州：用晉羊曇『西州泪』之典故，喻女子凄凉的身世。詳見下《人月圓》（玄都觀裏桃千樹）選注三。

〔三〕香雲：指女子的頭髮。

〔四〕畫扇秋：用漢班婕妤故事。班婕妤有《扇詩》：『常恐秋節至，涼飆奪炎熱。弃捐篋笥中，恩情終斷絶。』

又

顔色如花畫不成，命如葉薄可憐生。浮萍自合無根蒂，楊柳誰教管送迎〔一〕？

雲聚散，月虧盈，海枯石爛古今情。鴛鴦隻影江南岸，腸斷枯荷夜雨聲。

選注：

〔一〕『楊柳』句：《詩經·小雅·采薇》：『昔我往矣，楊柳依依；今我來思，雨雪霏霏。』古代詩文中常以楊柳喻離别之情。此處暗喻婦女命運猶如任人攀折送迎的楊柳枝。

又

一日春光一日深，眼看芳樹緑成陰。娉婷盧女〔一〕嬌無奈，流落秋娘〔二〕瘦不禁。霜塞闊，海烟沉，燕鴻何地更相尋？早教會得琴心了，辭盡長門買賦〔三〕金。

選注：

〔一〕娉婷盧女：《樂府詩集·盧女曲》引《樂府解題》：『盧女者，魏武帝時宫人也。故將軍陰升之姊。七歲入漢宫，善鼓琴。至明帝崩後出嫁，爲尹更生妻。梁簡文帝《妾薄命》曰：「盧姬嫁日晚，非復少年時。」蓋傷其嫁遲也。』

〔二〕流落秋娘：用杜牧《杜秋娘詩》其事。詩序曰：『杜秋，金陵女也。年十五，爲李錡妾。後錡叛滅，籍之入宫，有寵于景陵。穆宗即位，命秋爲皇子傅姆。皇子壯，封漳王。鄭注用事，誣丞相欲去己者，指王爲根。王被罪廢削，秋因賜歸故鄉。予過金陵，感其窮且老，爲之賦詩。』

〔三〕長門買賦：言漢武帝時皇后陳阿嬌的故事。漢司馬相如《長門賦》序曰：『孝武皇帝陳皇后時得幸，頗妒，別在長門宫，愁悶悲思。聞蜀郡成都司馬相如天下工爲文，奉黄金百斤，爲相如、文君取酒，因于解悲愁之辭。而相如爲文以悟主上，陳皇后復得親幸。』

品令

清明夜，夢酒間唱田不伐〔一〕《映竹園啼鳥》樂府，因記之。

幽齋向曉，窗影動、人聲悄。夢中行處，數枝臨水，幽花相照。把酒長歌，猶記竹間啼鳥。　風流易老，更常被、閑愁惱。年年春事，大都探得，歡游多少？一夜狂風，又是海棠過了。

選注：

〔一〕田不伐：宋代詞人田爲，字不伐。善琵琶，無行。

浪淘沙

詩句入冥搜〔一〕，欲寫還休。人間情是阿誰留？千丈游絲〔二〕不落地，風外悠悠。烟雨晚山稠，人倚西樓。衡陽歸雁〔三〕滿沙頭。一種江城寒夜客，一種春愁。

選注：

〔一〕冥搜：爲了搜訪而到達幽遠的地方。

〔二〕游絲：此處指空中舞動的蛛絲。

〔三〕衡陽歸雁：衡陽，今湖南省衡陽市。舊城南有回雁峰，相傳雁至此不再南飛。

人月圓

卜居〔一〕外家〔二〕東園

重岡已隔紅塵斷，村落更年豐。移居要就，窗中遠岫，舍後長松。十年種木，一年種穀〔三〕，都付兒童。老夫惟有，醒來明月，醉後清風。

選注：

〔一〕卜居：擇地居住。

〔二〕外家：指遺山再配夫人毛氏東平娘家。遺山結髮妻張氏卒于金哀宗正大八年（一二三一），時遺山四十二歲，翌年續娶毛氏。

〔三〕『十年種木』兩句：典出《史記·貨殖列傳》：『居之一歲，種之以穀；十歲，樹之以木；百歲，來之以德。』

又

玄都觀裏桃千樹，花落水空流。憑君莫問，清涇濁渭〔一〕，去馬來牛。謝公扶病〔二〕，羊曇〔三〕揮涕，一醉都休。古今幾度，生存華屋，零落山丘！

選注：

〔一〕清涇濁渭：涇、渭，涇水和渭水，在陝西省境内。

〔二〕謝公扶病：指晉謝安曾出鎮廣陵步丘，疾篤，扶病布署。

〔三〕羊曇：《晉書·謝安傳》：「羊曇者，太山人，知名士也，爲安所愛重。安薨後，輟樂彌年，行不由西州路。嘗因石頭大醉，扶路唱樂，不覺至州門。左右白曰：『此西州門。』曇悲感不已，以馬策扣扉，誦曹子建曰：『生存華屋處，零落歸山丘。』慟哭而去。』

朝中措

盧溝河上度旃車〔一〕，行路看宮娃〔二〕。古殿吴時花草，奚琴〔三〕塞外風沙。　天荒地老，池臺何處，羅綺誰家？夢裏數行燈火，皇州〔四〕依舊繁華。

選注：

〔一〕旃車：旃蓬車。

〔二〕宮娃：指宮女。

〔三〕奚琴：拉弦樂器。宋陳暘《樂書》卷一二八《樂圖論·胡部·八音》：『奚琴本胡樂也，出于弦鼗而形亦類焉，奚部所好之樂也。』

〔四〕皇州：指京城，即燕京。

阮郎歸

漫郎〔一〕活計拙于鳩〔二〕，閑中又過秋。枕書眠了却登樓，貧來頗自由。

書咄咄，賦休休，西窗晚更幽。詩家貧殺也風流，家人不用愁。

選注：

〔一〕漫郎：原指唐人元結。唐顔真卿《容州都督兼御史中丞本管經略使元君表墓碑銘》序：『將家瀼濱，乃自稱浪士，著《浪説》七篇。及爲郎，時人以浪者亦漫爲官乎，遂見呼爲「漫郎」。』此處爲遺山自稱。

〔二〕拙于鳩：自謙笨拙。

清平樂

太山〔一〕上作

江山殘照，落落舒清眺。澗壑風來號萬竅〔二〕，盡入長松悲嘯。井蛙〔三〕瀚海雲濤，醯鷄〔四〕日遠天高。醉眼千峰頂上，世間多少秋毫！

選注：

〔一〕太山：即泰山，在山東泰安市境内。

〔二〕萬竅：竅，孔或洞。陸游《雪歌》：『初聞萬竅號地籟，已見六出飛天花。』

〔三〕井蛙：《莊子·秋水篇》：『井蛙不可以語于海者，拘于虚也。』

〔四〕醯鷄：小蟲名。此喻狹小的天地。

又

罷鎮平〔一〕，歸西山草堂〔二〕。

垂楊小渡，處處歸鞍〔三〕駐。八十田翁良愧汝，把酒千言萬語。

細侯竹馬相從，笑渠奔走兒童。十里村簫社鼓〔四〕，依然傀儡棚〔五〕中。

選注：

〔一〕鎮平：在今河南西南部，舊屬河南南陽，即今河南鎮平縣。

〔二〕西山草堂：即秋林別業。見前《臨江仙》（夏館秋林山水窟）。

〔三〕歸鞍：指回家所乘之馬。

〔四〕村簫社鼓：民間鼓樂。

〔五〕傀儡棚：演戲的場所。

又

離腸宛轉，瘦覺妝痕淺。飛去飛來雙語燕，消息知郎近遠。樓前小雨珊珊〔一〕，海棠簾幕輕寒。杜宇一聲春去，樹頭無數青山。

選注：

〔一〕珊珊：玉聲。此處用以狀雨之滴瀝聲。

彙評：

《詞綜偶評》：『飛去飛來』二語，可與馮延巳『雙燕來時，陌上相逢否』爲配。

《詞則·大雅集》卷四：婉約近五代人手筆。
《蕙風詞話》卷三引《織餘瑣述》：元好問《清平樂》云：『飛去飛來雙語燕，消息知郎近遠。』用馮延巳『雙燕來時，陌上相逢否』句意。彼未定其逢否，此則直以爲知，唯消息近遠未定耳，妙在能變化。

浣溪沙

宿孟津官舍

一夜春寒滿下廳。獨眠人起候明星。娟娟山月入疏欞。萬古風雲雙短鬢，百年身世幾長亭〔一〕。浩歌聊且慰飄零。

選注：

〔一〕長亭：秦漢時十里置亭，爲行人休憩及餞別之所，亦稱長亭。庾信《哀江南賦》：『水毒秦涇，山高趙陘。十里五里，長亭短亭。』

又

史院〔一〕得告歸西山

萬頃風烟入酒壺。西山歸去一狂夫。皇家結網未曾疏。情性本宜閑處著，文章自忖用時無。醉來聊爲鼓嚨胡〔二〕。

選注：

〔一〕史院：即國史院，監修國史，掌監修國史事。

〔二〕嚨胡：喉嚨。

又

日射雲間五色芝〔一〕。鴛鴦宮瓦碧參差。西山晴雪入新詩。焦土已經三月火〔二〕，殘花猶發萬年枝〔三〕。他年江令〔四〕獨來時。往年宏辭，御題有《西山晴雪》詩。

選注：

〔一〕五色芝：即靈芝，爲象徵祥瑞之草。

〔二〕三月火：指遭受浩劫。

〔三〕萬年枝：木名。

〔四〕江令：南朝陳江總，官至尚書令，世稱江令。不理政務，與陳後主游宴後庭，有文名。陳亡入隋。此處遺山以江令自喻，慨嘆自己淪爲异族臣民。

又

三臺送客作離合體〔一〕

錦帶〔二〕吴鈎萬里行。青雲人物〔三〕舊知名。百壺春酒〔四〕過清明。

渺渺荒陂冰井路，青青楊柳玉關情。殘陽無語下西陵〔五〕。

選注：

〔一〕離合體：雜體詩名。拆開字形合成詩句，屬文字游戲，漢魏六朝即已有。

〔二〕錦帶：錦製之帶。《禮記・玉藻》第一三：『居士錦帶，弟子縞帶。』元陳澔注曰：『以錦爲帶，示文也。弟子用生絹，示質也。』

〔三〕青雲人物：指高官顯爵的人。

〔四〕春酒：指酒冬天釀製，春天即成。

〔五〕西陵：魏武帝之陵，在河南省臨漳縣（今屬河北）西。

古烏夜啼

玉簪〔一〕

花中閑遠風流，一枝秋〔二〕。祇枉十分清瘦不禁愁。人欲去，花無語，更遲留〔三〕。記得玉人遺下玉搔頭〔四〕。

選注：

〔一〕玉簪：花名。夏秋間開花，色潔白，清香，花蕊如簪頭，故稱。

〔二〕一枝秋：此花秋季開放，故云。

〔三〕遲留：停留，逗留。

〔四〕玉搔頭：即玉簪。舊題漢劉歆《西京雜記》卷二：『（漢）武帝過李夫人，就取玉簪搔頭，自此後宫人搔頭皆用玉，玉價倍貴焉。』

點絳唇

長安中作

沙際春歸，緑窗猶唱留春住。問春何處？花落鶯無語。　渺渺吟懷，漠漠烟中樹。西樓暮，一簾疏雨，夢裏尋春去。

又

痛負花期，半春猶在長安道。故園春早，紅雨〔一〕深芳草。　愁裏花開，愁裏花空老。西歸好，一尊傾到，乞去聲與花枝惱。

選注：

〔一〕紅雨：此處指紅花散落如雨。

又

夢裏梁園，暖風遲日熏羅綺。滿城桃李，車馬紅塵起。　客枕三年，故國雲千里。更殘未？夜寒如水，茅屋清霜底。

又

國艷天香，一叢百朵開來半。燕忙鶯亂，要結尋芳伴。　買斷春風，醉倒應須拚。清尊滿，謝家池館〔一〕，歲歲年年看。

選注：

〔一〕謝家池館：謝朓《游後園賦》：『敞風閨之藹藹，聳雲館之苕苕……惠氣湛兮惟殿肅，清陰起兮池館涼。』王渙《惆悵詩十二首》（其三）：『謝家池館花籠月。』

采桑子

兒家門户重重掩，郎住墻東。枉破春工，萬紫千紅一夜風。　伯勞分背西飛燕，何日相逢？縱得相逢，海闊天高處處同！

滿江紅

再過水南〔一〕

問柳尋花，津橋〔二〕路、年年寒節。佳麗地、梁園池館，洛陽城闕。白鶴重來人換世，淒涼一樹梅花發。記水南、昨暮賞春回，今華髮。金縷唱，龍香撥〔三〕。雲液〔四〕暖，瓊杯滑。料羈愁千種，不禁掀豁〔五〕。老眼祇供他日淚，春風竟是誰家物。恨馬頭、明月更多情，尋常缺。

選注：

〔一〕水南：指洛陽。

〔二〕津橋：指洛陽天津橋。見《江城子》（河堤烟樹渺雲沙）。

〔三〕龍香撥：指撥弦的工具。

〔四〕雲液：指美酒。

〔五〕掀豁：豁然開朗。

又

三泉〔一〕醉飲

桃李漫山，風日暖、朝來開徹。東溪上、落花流水，暮春三月。一片花飛春意減，有花堪折君須折。恨百年、春事短長亭，匆匆別。金縷唱，金蕉〔二〕拍。休直待，芳華歇。到緑陰青子〔三〕，衹供愁絕。坐上常看尊有酒，鏡中莫管頭如雪。料醉來、人説次公〔四〕狂，從〔五〕渠説。

選注：

〔一〕三泉：地名，在今山西，滹沱河的上源。

〔二〕金蕉：酒杯。

〔三〕緑陰青子：杜枚《嘆花》：『如今風擺花狼藉，緑葉成陰子滿枝。』

〔四〕次公：指蓋寬饒。《漢書·蓋寬饒傳》：『蓋寬饒字次公，魏郡人也……平恩侯許伯入第，丞相、御史、將軍、中二千石皆賀，寬饒不行。許伯請之，乃往，從西階上，東鄉特坐。許伯自酌曰：「蓋君後至。」寬饒曰：「無多酌我，我乃酒狂。」丞相魏侯笑曰：「次公醒而狂，何必酒也？」』

〔五〕從：聽憑。

蝶戀花

春到桃源人不到。白髮劉郎，誤入紅雲島。著意酬春還草草，東風一夜花如掃。過眼風花人自惱。已坐尋芳，更約明年早。天若有情天亦老，世間元衹無情好。

又

同樂舜咨郎中夢梅

梅信初傳金點小。翠羽〔一〕多情，儘耐風枝裊。乞與吟鬖共百繞，小窗月暗人聲悄。枕上詩成還自笑。萬斛清愁，換得春多少？臨水幽姿空自照，羅浮山〔二〕下孤村曉。

選注：

〔一〕翠羽：翠色的樹葉。

〔二〕羅浮山：在廣東省東江北岸。東晉葛洪、隋青霞子蘇元朗曾修道于此。《藝文類聚》卷七《山部》上《羅浮山》引《羅浮山記》曰：『羅浮者，蓋總稱焉。羅，羅山也。浮，浮山也。二山合體，謂之羅浮。在增城博羅二縣之境。舊説，羅浮高三千丈，有七十石室，七十二長溪。神明神禽，玉樹朱草。』

醉花陰

候館青燈淡相對，夜迢迢無奈。掩泪惜分飛，好夢空回，留得閑愁在。同心易綰雙羅帶，祇連環難解。且莫望歸鞍，儘眼西山，人更西山外。

感皇恩

壽韓侯恬然

水上覓紅雲，雲藏仙島。雲外晴峰翠于掃。東園行樂，一洗山林枯槁〔一〕。萬金誰辦得、安閑早。石上玉芝，松間瑤草〔二〕，容易休教使君老。壽杯宮袖〔三〕，醉眼風荷翻倒。錦堂花與月、年年好。

選注：

〔一〕山林枯槁：《中州集·先大夫詩》：『先生作詩不事雕飾，清美圓熟，無山林枯槁之氣。』

〔二〕瑶草：古指仙草，亦泛指芳草。《山海經》：『姑瑶之山，帝女死焉，名曰女尸。化爲瑶草，其葉胥成，其花黄，其實如兔絲，服者媚于人。』

〔三〕宫袖：指酒席間的歌女。

臨江仙

連日湖亭風色好，今朝賞遍東城〔一〕。主人留客過清明。小桃如欲語，楊柳更多情。　爲愛暮雲芳草句，一杯聊聽新聲。水流花落嘆浮生。故園春更晚，時節已啼鶯。

選注：

〔一〕東城：指濟南。

又

贈答飛卿〔一〕弟

壯歲論交今晚歲，祇君知我平生。六年相望若爲情。吕安思叔夜〔二〕，殘月配長庚〔三〕。濟上買田堪共隱，嵩丘朝暮陰晴。紫雲仙季白雲兄。風流成二老，林下看升平。

選注：

〔一〕飛卿：元鮮于樞《相學齋雜抄》：『紫邏凡凡道人楊鵬，字飛卿，一名雲鵬，少梁人。北渡後終于東平。有《陶然集》行世。』

〔二〕吕安思叔夜：叔夜，嵇康字。《晉書·嵇康傳》：『東平吕安服康高致，每一相思，輒千里命駕，康友而善之。』

〔三〕長庚：金星的別稱，又名太白。

又

唐子西酒名『齊物論』，又曰『養生主』〔一〕。

誰喚提壺沽美酒，浮生多負歡游。窗明窗暗百年休。涼風催雁過，春水帶花流。　仰視浮雲空自誑，往還歲月悠悠。三山那有鳳麟洲〔二〕？一杯『齊物論』〔三〕，千古醉鄉侯。

選注：

〔一〕『唐子西』句：宋羅大經《鶴林玉露·人集》卷之四『酒有和勁』：『唐子西在惠州，名酒之和者曰養生主，勁者曰齊物論。』唐子西，即唐庚（一〇七一——一一二），字子西，眉山丹棱（今屬四川）人。《宋史》有傳。

〔二〕鳳麟洲：傳説在西海之中，洲上多鳳麟及神藥，爲仙家居所。

〔三〕『齊物論』：原爲《莊子》篇名，此處指酒名。

浣溪沙

畫出清明二月天，山城三月祇蕭然。閉門日日枕書眠。

川下杏花渾欲雪，山中楊柳不成烟。春風回首又明年。

定風波

三鄉〔一〕光武廟，懷故人劉公景玄。

熊耳〔二〕東原漢故宫，登臨猶記往年同。底事愛君詩句好？解道，河山浮動酒杯中。存没悠悠三十載，誰會？白頭孤客坐書空。黄土英雄何處在？須待，醉尋蕭寺〔三〕哭春風。

選注：

〔一〕三鄉：《金史·地理志》（中）：『南京路河南府福昌縣三鄉鎮。』在福昌與永寧兩縣之交界。

〔二〕熊耳：即熊耳山，在今河南洛寧縣、盧氏縣境内。

〔三〕蕭寺：指佛寺。唐李肇《唐國史補》卷中載：『梁武帝造寺，令蕭子雲飛白大書「蕭」字，至今一「蕭」字存焉。』

又

兒子阿中〔一〕百晬〔二〕日作

五色蓮盆玉雪肌，青搽紅抹總相宜。且道生男何足愛？爭奈，隆顱犀角眼中稀。　六十平頭〔三〕年運好，投老〔四〕，大兒都解把鋤犁。醉眼看花驢背上，豪放，阿齡〔五〕扶路阿中隨。

選注：

〔一〕阿中：遺山第三子叔綱。

〔二〕百晬：小兒出生百日舉行歡宴。

〔三〕平頭：不帶零頭的整數，又稱齊頭數。
〔四〕投老：到老，臨老。
〔五〕阿齡：指遺山第二子叔開。

婆羅門引

過孟津河山亭故基

短衣匹馬，白頭重過洛陽城。百年一夢初驚。寂寞高秋雲物，殘照半林明。澹橫舟古渡，落雁寒汀。河山故亭，人與鏡、兩峥嶸〔一〕。爭信黄壚〔二〕此日，深谷高陵〔三〕。一時朋輩，謾留在、窮途阮步兵。尊俎地、誰慰飄零？

選注：

〔一〕崢嶸：指超乎尋常。

〔二〕黄壚：地下，黄泉。此指死亡之日。

〔三〕深谷高陵：《詩經·小雅·十月之交》：『高岸爲谷，深谷爲陵。』

又

兗州〔一〕龍興閣感寓

嶧山〔二〕霽雪，九層飛觀鬱崢嶸。風烟畫出新亭。老眼來今往古，天地兩無情。但浮雲平野，短日蕪城。酒狂步兵，書與劍、此飄零。爲問雲間鷄犬，幾度丹成〔三〕？停杯不語，竟何用、千秋身後名。休自倚、湖海平生！

選注：

〔一〕兗州：金時屬山東西路，領嵫陽、曲阜、泗水、寧陽等四縣。

〔二〕嶧山：在今山東鄒縣東南。

〔三〕丹成：指成仙。

江城子

杏花開過雪成團。惜朱顏，負清歡。衹道今年，春意已闌珊。却是地偏芳信晚，紅數點，小溪灣。　碧壺〔一〕香供挽春還。一枝閑，淡相看。月落山空，誰與護朝寒？傳語春風留客好，莫容易，便吹殘。

選注：

〔一〕碧壺：指仙人的玉壺。《後漢書·費長房傳》：『費長房者，汝南人也。曾爲市掾。市中有老翁賣藥，懸一壺于肆頭。及市罷，輒跳入壺中。市人莫之見，唯長房于樓上睹之，异焉。因往再拜奉酒脯。翁知長房之意其神也，謂之曰：「子明日可更來。」長房旦日復詣翁，翁乃與俱入壺中。唯見玉堂嚴麗，旨酒甘肴，盈衍其中，共飲畢而出。』後借指仙境。

太常引

寄酒泉〔一〕帥張奥子明，子明鄠陽關去酒泉百里而遠，故云。

田園松菊自由身，鞍馬老紅塵。鵝鴨惱比鄰。算未羡、凌烟寫真〔二〕。花時風雨，長年哀樂，白髮爲誰新？休唱渭城春。怕憶著、西州故人。

選注：

〔一〕酒泉：地名，《漢書·地理志》（下）：『酒泉郡，武帝太初元年開。莽曰輔平。』應劭注曰：『其水若酒，故曰酒泉也。』顏師古注曰：『舊俗傳城下有金泉，泉味如酒。』今甘肅酒泉市。

〔二〕凌烟寫真：《舊唐書》卷六五《長孫無忌傳》云：『十七年，令圖畫無忌等二十四人于凌烟閣，詔曰：「自古皇王，褒崇勛德，既勒銘于鐘鼎，又圖形于丹青。是以甘露良佐，麟閣著其美；建武功臣，雲臺紀其迹。」』又，唐太宗曾撰《凌烟閣功臣贊》一卷。

水龍吟

東園醉後

兩年金鳳城邊，等閑又見東風菜〔一〕。侯門慣客，東園高宴，青雲飛蓋。水上幽亭，恍然真似，蘭舟同載。望紅樓翠壁，青田白鷺，誰信是，山陰塞。

鬱鬱林梢紫動，便安排、春來天外。醉魂摇蕩，尊前何恨，狂香浩態。高枕吾廬，倒衣命駕，心期長在。爲使君料理〔二〕，潘郎老鬢〔三〕，儘花枝戴。

選注：

〔一〕東風菜：一種野菜。宋唐慎微《證類本草》卷二九：『東風菜……生嶺南平澤，莖高二三尺，葉似杏葉而長，極厚軟，上有細毛，先春而生，故有東風之號。』

〔二〕料理：安排或幫助。

〔三〕潘郎老鬢：潘郎，指潘岳，西晋人，工詩賦，長于哀誄之體，《晋書》卷五五有傳。潘岳《秋興賦》序云：『晋十有四年，余春秋三十有二，始見二毛。』二毛，即白髮。

又

漢家金粟堆〔一〕空，玉花〔二〕驚見天池種。并州畫角，回腸凄斷，清霜曉弄。世事浮雲，白衣蒼狗，知誰摶控〔三〕？恨北平老守，南山夜獵〔四〕，風雨暗，貂裘重。 總道烟霄失路，意平生、依然飛動。高城置酒，汾流澹澹，無言目送。寶劍千金，儘堪傾倒，玻璃春瓮〔五〕。問波神〔六〕剩借，横江組練，挽青絲夢。

選注：

〔一〕金粟堆：指陝西蒲城東北金粟山唐玄宗的陵墓。

〔二〕玉花：指名馬玉花驄。

〔三〕摶控：主持。

〔四〕『恨北平』二句：《史記·李將軍列傳》：『于是天子乃召拜廣爲右北平太守。廣居右北平，匈奴聞之，號曰「漢之飛將軍」，避之數歲，不敢入右北平。』

〔五〕玻璃春瓮：指酒瓮。

〔六〕波神：水神。

木蘭花慢

贈吹觱篥〔一〕者張嘴兒暨乃婦田氏合曲賦此

要新聲陶寫，奈聲外有聲何。愴銀字〔二〕安清，珠繩〔三〕瑩滑，怨感相和。風流故家人物，記諸郎、吹管念奴〔四〕歌。落日邯鄲老樹，秋風太液滄波。十年燕市〔五〕重經過，鞍馬宴鳴珂。趁飢鳳微吟，嬌鶯巧囀，紅卷鈿螺〔六〕。纏頭〔七〕斷腸詩句，似鄰舟、一聽惜蹉跎。休唱貞元〔八〕舊曲，向來朝士無多。

選注：

〔一〕觱篥：唐段安節《樂府雜録·觱篥》：『大龜茲國樂也，亦曰悲栗。』高承《事物紀原》引令狐揆《樂要》曰：『篳篥出于胡中，或云龜茲國也。』徐景山云：本胡人牧馬，截骨爲筒，用蘆貫吹之，以驚群鳥，因而爲竅，以成音律。今胡部在管音前，故世亦云頭管。』

〔二〕銀字：笙笛類管樂器，上用銀作字，以表示音色的高低。

〔三〕珠繩：以珍珠所穿之繩。

〔四〕念奴：唐天寶時名妓，善歌。

〔五〕燕市：春秋戰國時燕國國都。

〔六〕鈿螺：即螺髻上插以花朵形狀的首飾。

〔七〕纏頭：古時表演歌舞的人把錦帛纏在頭上做妝飾，叫『纏頭』。也指送給歌舞者的錦帛或財物。

〔八〕貞元：唐德宗李適年號（七八五—八〇五）。

臨江仙

留别郝和之〔一〕

昨日故人留我醉，今朝送客西歸。古來相接眼中稀。青衿〔二〕同舍樂，白首故山違。　九萬里風安税駕〔三〕，雲鵬悔不卑飛。回頭四十七年非。何因松竹底，茅屋老相依。

選注：

〔一〕郝和之：即郝思温，字和之，遺山老師郝天挺之子。

〔二〕青衿：指讀書人。《詩經·鄭風·子衿》：『青青子衿。』毛《傳》：『青衿，青領也。學子之所服。』

〔三〕税駕：指停車。

阮郎歸

峥嶸秋氣動千崖，川平晚照回。小橋流水送吟鞋，無人覺往來。欹亂石，坐蒼苔，一杯復一杯。田家次第有新醅〔一〕，黄花細細開。

選注：

〔一〕新醅：新釀成的美酒。

玉樓春

秋燈連夜寒生暈，書硯朝來龍尾〔一〕潤。朧朧窗口暗移時，槭槭〔二〕檐聲還一陣。　黄花白酒登高近〔三〕，意外陰晴誰處問。青山衹管戀行雲，忙殺晚風吹不盡。

選注：

〔一〕龍尾：指硯臺，以龍尾石製成，産自江西婺源，爲硯中之上品。

〔二〕摵摵：象聲詞，落葉聲。此指檐聲。

〔三〕『黄花』句：指重陽節時登高賞菊飲酒。

又

流光不受長繩繫，樂事且須論早計。丹成鷄犬亦登仙〔一〕，運去英雄空掩涕。花迎酒笑寧無意，酒藉花香尤有味。由來夷跖〔二〕不多争，唤向花間同一醉。

選注：

〔一〕『丹成』句：典出《列仙傳》：『漢淮南王劉安，言神仙黄白之事，名爲《鴻寶萬畢》三卷，論變化之道，于是八公乃詣王，授丹經及三十六水方。俗傳安之臨仙去，餘藥器在庭中，鷄犬舐之，皆得飛升。』

〔二〕夷跖：伯夷與盜跖的并稱。伯夷清廉，盜跖貪暴，合稱比喻善惡迥异之人。

又

驚沙〔一〕獵獵風成陣，白雁一聲霜有信。琵琶腸斷塞門秋〔二〕，却望紫臺〔三〕知遠近。深宫桃李無人問，舊愛玉顔今自恨。明妃〔四〕留在兩眉愁，萬古春山顰〔五〕不盡。

選注：

〔一〕驚沙：邊地的沙塵。

〔二〕『琵琶』句：杜甫有《咏懷古迹五首》（其三）：『千載琵琶作胡語，分明怨恨曲中論。』

〔三〕紫臺：紫宫，帝王居住的地方。

〔四〕明妃：即王昭君。

〔五〕颦：皺眉。

又

惜花長被花枝惱，一夜落紅紛不掃。綠雲〔一〕爲幄綉爲裀〔二〕，不惜春衫還藉草。尊前莫恨春歸早，來歲花開應更好。丁寧雙燕促春還，向道惜花人未老。

選注：

〔一〕緑雲：此處指緑葉。

〔二〕裀（音因）：褥墊，此處比喻落花。

鷓鴣天

身外虚名一羽輕，封侯何必勝躬耕。田園活計渾閑在，詩酒風流屬老成。三會水〔一〕，半山亭。村村花柳自升平。錦城未比還家好，何處而今有錦城。

選注：

〔一〕三會水：《山西通志》卷二六《山川》十『定襄縣』：『三會泉在叢蒙山麓。一龍液泉，一呂布池，一娘娘池。并出合流，四時不涸，灌溉稻田，爲太原晋水之亞。』

江城子

梅梅柳柳鬧新晴。趁清明，鳳山行。畫出靈泉〔一〕，三月晋蘭亭〔二〕。細馬金鞍紅袖客，能從我，出重城。　賞心樂事古難并。玉雙瓶〔三〕，爲冠傾，一曲清歌，休作斷腸聲。頭上花枝如解語，應笑我，未忘情。

選注：

〔一〕鳳山、靈泉：在今山東東平縣境内。

〔二〕蘭亭：在今浙江紹興市西南蘭渚山下。《水經注·漸江水》：『湖口有亭，號曰蘭亭，亦曰蘭上里。太守王羲之、謝安兄弟數往造焉。吴郡太守謝勗封蘭亭侯，蓋取此亭以爲封號也。』

〔三〕玉雙瓶：此處應指盛酒的器具。

青玉案

熙春堂〔一〕下花無數。紅紫映、桃溪路〔二〕。蝶往蜂來知幾許。翠筠亭外，緑楊堤畔，時聽嬌鶯語。　綺筵羅列開尊俎。總是神仙侣。競舉笙歌馳玉醑〔三〕。介公眉壽〔四〕，年年此日，長與花爲主。

選注：

〔一〕熙春堂：即熙春臺。熙春，指温暖的春天。

〔二〕桃溪路：指劉晨、阮肇遇仙之事。南朝劉義慶《幽明録》載：漢明帝永平五年（六二），剡縣劉晨、阮肇入天台山取穀皮，迷不得返。忽望見遠山上有一桃樹，後又見水中有蕪菁葉，一杯胡麻糝從山腹流出。遂緣溪而上，遇溪邊二女，以酒款待并挽留劉、阮二人住下。

〔三〕玉醑：指美酒。

〔四〕介公眉壽：爲君祝壽之意。《詩經·豳風·七月》：『爲此春酒，以介眉壽。』

念奴嬌

一年好處，是西風、綉出東籬寒菊。蝶舞蜂狂誰便道，今夕清香不足。令尹〔一〕風流，年年春事，小雨一犁新緑。園扉人静，抱琴時弄幽獨。聞道野老相呼，幽尋仙洞，乞與長生籙〔二〕。鶴髮童顔須待得，王母蟠桃初熟。衹恐相將，日邊催去，鳳沼〔三〕鳴環玉。娉婷一笑，爲渠且盡醽醁〔四〕。

選注：

〔一〕令尹：縣官的别稱。秦漢以來一縣之長稱縣令，元代稱縣尹，令尹爲其合稱。

〔二〕籙：道教的秘文、秘録。

〔三〕鳳沼：即鳳凰池，禁中池沼，中書省所在地。

〔四〕醽醁：酒名。

蝶戀花

玉宇生涼秋恰半。月到今宵，分外清光滿。兔魄呈祥冰彩爛。廣寒宮裹逢華旦。聰慧風流天與擅。玉骨冰姿，本是飛瓊伴。且領緑衣詩酒勸。蟠桃待熟瑶池宴。

附録

遺山自題樂府引

新補據朱校本，後二篇同。

世所傳樂府多矣，如山谷《漁父詞》：『青箬笠前無限事，緑蓑衣底一時休。斜風細雨轉船頭。』陳去非《懷舊》云：『憶昔午橋橋下飲，坐中都是豪英。長溝流月去無聲。杏花疏影裏，吹笛到天明。三十年來成一夢，此身雖在堪驚。閑登高閣賞新晴。古今多少事，漁唱起三更。』又云：『高咏楚辭酬午日，天涯節序匆匆。榴花不似舞裙紅。無人知此意，歌罷滿簾風。萬事一身傷老矣，戎葵凝笑墻東。酒杯深淺去年同。試澆橋下水，今夕到湘中。』如此等類，詩家謂之言外句。含咀之久，不傳之妙，隱然眉睫間，惟具眼者乃能賞之。古有之：人莫不飲食，鮮能知味，譬之羸牸老羝，千煮百煉，椒桂之香逆于人鼻，然一吮之後，敗絮滿口，或厭而吐之矣。必若金頭大鵝，鹽養之再宿，使一奚知火候者烹之，膚黄肪白，愈嚼而味愈出，乃可言其雋永耳。歲甲午，予所録《遺山新樂府》成，客有謂予者云：『子故言宋人詩大概不及唐，而樂府歌詞過之，此論殊然。樂府以來，東坡爲第一，以後便到辛稼軒，此論亦然。東坡、稼軒即不論，且問遺山得意時，自視秦、晁、賀、晏諸人爲何如？』予大笑，拊客背云：『那知許事？且啖蛤蜊。』客亦笑而去。十月五日，太原元好問裕之題。

《遺山樂府》李宗准跋

樂府，詩家之大香奩也。遺山所著，清新婉麗，其自視似羞比秦、晁、賀、晏諸人，而直欲追配于東坡、稼軒之作。豈是以東坡爲第一，而作者之難得也耶？然後山以爲：『子瞻以詩爲詞，如教坊雷大使之舞，雖極天下之工，要非本色。』李易安亦云：『子瞻歌詞，皆句讀不葺之詩耳，往往不協音律。王半山、曾南豐，文章似西漢；若作小歌詞，則人必絶倒，不可讀也。乃知别是一家，知之者少。』彼三先生之集大成，猶不免人之譏議，况其下者乎？夫詩文分平側，而歌詞分五音、五聲，又分六律。清濁輕重，無不克諧，然後可以入腔矣。蓋東坡自言平生三不如人，歌舞一也，故所作歌詞，間有不入腔處耳。然與半山、南豐，皆學際天人，其于作小歌詞，直如酌蠡水于大海，豈可謗傷耶？吾東方既與中國語音殊异，于其所謂樂府者，不知引聲唱曲，祇分字之平側，句之長短，而協之以韵，皆所謂以詩爲詞者。捧心而顰，其裹祇見其醜陋耳！是以文章巨公，皆不敢强作，非才之不逮也。亦如使中國人若作《鄭瓜亭》《小唐鷄》之解，則必且使人撫掌絶纓矣！惟益齋入侍忠宣王，與閻、趙諸學士游，備知詩餘衆體者，吾東方一人而已。然使後山、易安可作，未知以敝衣緩步爲真孫叔敖也耶？以此知人不可造次爲之。雖未知樂府，亦非我國文章之累也。愚之誦此言久矣，今以告監司廣原李相國。相國曰：『子之言是矣！然學者如欲依樣畫胡蘆，不可不廣布是集也。』于是就舊本考校殘文、誤字，謄寫净本，遂屬晋州慶牧使任綉梓。時弘治紀元之五年壬子重陽後一日。都事月城李宗准仲鈞識。

《遺山樂府》朱孝臧跋

右《遺山樂府》三卷，明宏治壬子高麗刊本也。《遺山樂府》一卷本，明錢塘凌彦翀雲翰編選，勞巽卿謂即《詞綜·發凡》之二卷本。阮伯元以五卷本《新樂府》當之，誤矣。《新樂府》五卷，盧抱經謂出義門何氏。平定張碩州穆，華亭張調甫家鼒兩刻之。平定張氏本，今止四卷，末卷海豐吴氏補刻。顧是編，遺山《自序》亦稱《新樂府》。『新』之云者，殆别乎詩中之樂府而言。或謂遺山詞有《舊樂府》已佚者，非也！而篇次多寡，與五卷本不合，且有廿餘闋溢乎其外者。張嘯山謂五卷鈔本流傳謬亂百出，故二張所刊，未爲盡善。或脱載全題，或漏列注語，且有附刻他人之作不爲標明，尤其失之甚者。是编訛字闕文，間亦不免。老友吴伯宛寄屬校刊，遂援凌、張諸本，勘舉若干條，其异文得兩通者，亦附著焉。原本每半葉十行，每行十七字，上下黑口雙邊。惟劂工稍陋，篇幅復漫漶，爰爲移刻而記其行款如此。張玉田謂先生詞『深于用事，精于練句』。杜善夫謂先生詩『如佛説法，其言如蜜，中邊皆甜』。吾于先生詞亦云。癸丑六月，歸安朱孝臧跋。